Fais-moi un signe

Nathalie Antao

Fais-moi un signe

Roman

LE LYS BLEU
ÉDITIONS

ISBN : 979-10-377-4927-7

Mon chemin de vie

Si un jour j'avais pensé que mon hypersensibilité allait devenir ma force…

Je suis Nathalie, née en 1979 à Toulouse, et dès ma naissance, je suis convaincue que la foi sera la base de toute ma vie.

Quasi miraculée, je traverse ma vie, entourée de beaucoup de bonheur et d'amour mais aussi à travers les tempêtes, prises de conscience et expériences qui me donnent le courage et la résilience pour avancer.

Tout cela grâce à la force de l'amour et des rencontres mises sur ma route.

Fais-moi un signe, comme un hymne à la vie, un appel du plus grand, du plus beau et de tout ce que l'univers me met sur le chemin.

Toujours y croire et se laisser guider vers ce qu'il y a de meilleur pour chacun d'entre nous.

Écouter la petite voix qui nous murmure à chaque instant le sens de notre vie.

Fais-moi un signe, premier livre, écrit à l'aube de mes quarante-deux ans, après une avalanche d'épreuves.

Écrire, c'est se libérer du poids de son passé pour renaître plus léger.

Quelques citations qui m'ont inspiré dans les expériences que j'ai traversées…

Cherche et tu trouveras.

Demandez et l'on vous donnera, cherchez et vous trouverez, frappez et l'on vous ouvrira, car quiconque demande reçoit, celui qui cherche trouve, et l'on ouvre à celui qui frappe.

St Matthieu ch7.V 7 à 8

La musique donne une âme à nos cœurs et des ailes à la pensée.

Platon

Il faut avoir un chaos en soi pour accoucher d'une étoile qui danse.

Friedrich Nietzsche

La vie est un chant de joies et de grâces,

La musique prend une dimension prophétique pour moi, me livrant des messages pour me guider sur mon nouveau chemin.

Préface

Ce que ton cœur te dicte, ce qui te fait vivre, ce qui te garde en vie.

Lorsque les anges sont venus me murmurer à l'oreille que j'allais ouvrir tout doucement mes yeux, et découvrir les merveilles de la vie, je les ai écoutés…

C'est alors qu'une belle fée s'est penchée sur mon berceau pour me rassurer et me guider.

Cet ange a pris place à mes côtés, pour me protéger et m'accompagner à traverser la vie, avec ses beautés et ses turbulences.

De nombreux signes me sont alors envoyés pour me permettre de poursuivre mon chemin et venir y rencontrer ma famille, mes amis, pour y découvrir la magie de la vie.

« Traverser les vagues sans les toucher, juste les effleurer du bout des doigts et envole-toi, comme un oiseau qui bat des ailes à travers le vent de la vie et laisse-toi porter vers de nouveaux horizons emplis de joie et de paix, tu y trouveras ton paradis. »

Au milieu de ce tumulte, puise au creux de ton cœur, ce soleil, cet enchantement qui fait vibrer chacune de tes cellules et te ramène à l'essentiel, ce souffle de vie, ce murmure, cette petite voix qui te guidera, et te maintiendra hors de l'eau vers de nouveaux rivages, de nouveaux horizons où seule ton âme sait que le bonheur t'y attend et saura t'apporter les trésors de la vie.

Au plus profond de toi, cet appel du silence, ce murmure des anges qui déploient leurs ailes juste pour toi, juste un message, une guidance vers cette pépite qui se dévoilera au bon moment quand ce sera là, tout devant toi, prêt à se déployer, prêt à être exploré.

Ce besoin de silence se présente impérieux, juste et passage obligé pour mettre mes pensées et les rédiger, avancer et surtout réfléchir à ce que la vie a de meilleur à offrir.

Oui la vie n'est pas un long fleuve tranquille, mais quelle chance de pouvoir la vivre, la traverser tel un bateau qui traverse les océans, les vagues, les tempêtes. Chaque étape franchie, chaque port visité, chaque rencontre et chaque détour ne permet pas d'être stoppé mais bien d'évoluer sur notre voie, notre chemin, notre destinée.

Cette petite voix qui nous guide à chaque instant, il suffit de l'écouter pour y trouver mille trésors. C'est bien souvent au fond de nous que nous trouvons nos plus belles idées et nos meilleures réponses.

Faire silence… Alors avant de commencer, assis-toi, reste immobile, mets ton âme au repos, libère ton esprit et accueille le silence…

Ce silence qui aide à avancer, à réfléchir avant de poser chaque action, chaque petit pas qui permet de participer au grand tout, au mystère de la vie…

Bien souvent, la même interrogation, à quoi cela va-t-il servir ? Pourquoi la vie met-elle cette vague sur ma route moi qui n'ai jamais appris à surfer, je me sens bien démunie…

Cette même vague qui inonde bien souvent mes rêves, moi, me voyant la traverser, nager au-dessus d'elle ou bien m'y engloutir. Certaines fois de véritables tsunamis ou des visions claires de notre société en train de s'effondrer, et tenter de se sauver pour mettre à l'abri mes proches et les protéger…

Eh oui, ces vagues, cet élément eau, est toujours bien présent pour moi, bien plus que ce que je ne crois…

Tout compte fait, cette eau, premier élément de notre vie, dans lequel nous baignons depuis notre conception, nous porte, nous alimente et nous permet de toujours revenir à la source. Source de vie, l'eau me porte, me bénit et jaillit pour me révéler à la beauté de l'existence.

Cette eau, auprès de laquelle je vais bien souvent me recueillir, que ce soit au bord d'un ruisseau, d'un lac ou de l'immensité de l'océan, cette eau m'apaise. Son bruit permet de laisser couler mes soucis, pour en ressortir grandie et purifiée. Clapotis des vagues qui se jettent sur la plage, ruissellement du torrent, le son qui en émane est si pur, que tout mon être en est revigoré.

L'eau est également à la base de bien de mes rêves. Un merveilleux rêve rempli de vie et d'espoir est celui de nager au beau milieu des nuages, tel un oiseau qui déploie ses ailes pour s'envoler, se réaliser et surtout connaître la liberté. Sentiment de légèreté mais aussi de totale harmonie avec la nature, l'air, la vie.

Tel est mon plus beau rêve, nager au milieu de l'air comme un poisson-oiseau, voilà une image bien imaginaire mais haut combien révélatrice de la liberté de vie !

Bien souvent, une petite voix, un doux murmure me souffle à l'oreille tout doucement « continue Nathalie, tout ira bien, tu verras tu vas bientôt goûter aux délices de la vie », une vie simple, remplie d'amour, de joie, d'amitié et de sérénité… continue tes efforts vers cette liberté, car toi seule sais au fond de toi, que la vie t'attend, que tu as de merveilleux trésors à offrir au monde, tu as juste à décider de déployer tes ailes comme un magnifique papillon, qui s'émerveille par sa légèreté et te laisser guider telle une hirondelle que l'on observe sans même discuter…

Cette petite lueur, cette lumière qui se cache bien au chaud au plus profond de mon cœur depuis ma création, grandit, s'embellit, et bien souvent se recache, car la vie n'est pas simple. De petits cailloux, de petites pierres, de véritables rochers sont à franchir, et à quel prix… Beaucoup de questionnements, de remises en question, de remises à zéro, de nouveaux départs, d'angoisses, de peurs, de perditions, et puis un jour tu te lèves et tu ressens cet appel au plus profond de ton âme : mettre à profit tout ce qu'il y a de meilleur en toi pour enfin goûter le merveilleux que l'existence a mis sur ton chemin.

L'appel de l'amour pour la vie est là, et plus rien ne m'arrêtera.

Sans toutes ces épreuves, je ne serai pas cette personne, je ne sais même pas où je serai, mais ce dont je suis certaine, c'est que je ne serai pas aussi emplie par la beauté de la vie, et que je n'apprécierai peut-être pas tous ces petits moments qui font que la vie est tellement belle et magique.

Le cœur est grand, le ciel rempli de beautés et notre terre inondée d'amour.

Amoureuse de la vie, portée par l'amour pour les autres, voilà ma voie.

La vie, bien surprenante, apprend à grandir, à écouter et surtout à profiter de ces petits riens qui rendent chaque jour si exceptionnel.

Une citation bien porteuse de vérité *et tu trouveras le trésor qui est en toi* est d'une justesse infinie.

Pour cela j'ai dû me poser, me reposer, faire silence pour trouver au fond de mon cœur, les trésors qui font de moi, quelqu'un de simple et de si différent à la fois.

L'appel de cette lumière, cette petite lueur qui pousse à avancer, cette transmission de cette joie de vivre en quête de sagesse à travers ces lieux, ces rencontres et surtout la foi.

La quête de ce soleil qui fait renaître la vie, qui illumine les cœurs sur son passage, peut aussi bien être un doux sourire qu'une parole, ou un geste de tendresse.

À travers mille façons chacun peut faire briller sa lumière et la diffuser autour d'elle, car un signe n'est jamais anodin, même infime soit-il, il apporte autour de lui, mille concordances, mille connexions, mille rencontres.

Le chemin ne laisse rien au hasard, la vie me l'a prouvé à maintes reprises, le plan est toujours parfait et le timing idéal.

Chaque rencontre est là pour nous faire avancer, nous remettre sur le juste chemin, nous prouver que l'on fait partie du grand tout, et qu'ensemble la vie est bien plus belle et plus facile. S'unir les uns aux autres, donner et recevoir, pour bâtir un monde plus fraternel et plus beau.

On a beau dire que pour évoluer l'homme doit découvrir le monde, s'y perdre, et revenir à ses racines pour mieux les apprécier.

Tel un arbre, on grandit, on se fortifie, on traverse les tempêtes, et seul l'arbre, qui a traversé tout cela, se fortifie et ses racines en deviennent plus solides.

Eh bien oui, sans ces tempêtes, la vie aurait été certes beaucoup plus simple, mais bien moins enrichissante !

Alors merci la vie, tout compte fait, merci de m'avoir poussé à tout donner, car cette lueur d'espoir dans le noir, m'aura ouvert les portes de la découverte de mes véritables trésors intérieurs.

On est vraiment beaucoup plus forts que ce que l'on pense, des ressources insoupçonnées jaillissent toujours au moment opportun, comme un message, comme le souffle d'un ange qui vient nous guider et nous donner les ressources nécessaires pour continuer à avancer.

Faire confiance en la vie, toujours, car si on l'écoute et surtout si on apprend à lâcher, les trésors et les cadeaux arrivent par milliers. Même au milieu des pires moments, l'existence nous envoie un cadeau, même infime, un trésor caché sous cette expérience de vie, porteur d'un nouvel avenir, d'un projet meilleur pour notre évolution.

Dans ces douloureux moments, je voudrai tant que quelqu'un m'assure que mes difficultés ne dureront pas ou mieux encore qu'elles ouvrent la voie du bonheur…

À force d'y croire, l'impossible peut perdre sa première syllabe et devenir possible !

Pourquoi commencer ce livre ? Je me pose mille questions, mais ce dont je suis certaine, c'est qu'à travers ces pages, c'est le désir de transmettre à mes enfants, mes proches, ma volonté de remercier la vie, ma force pour toujours avancer, ne jamais renoncer, car on ne sait jamais ce que demain aura à nous offrir… alors trouvons toujours cette étincelle pour nous battre et poursuivre, car la vie nous a été offerte pour expérimenter, pour découvrir et pour toujours apprendre de nos expériences pour du meilleur, pour cette quête de sagesse, cette foi immense qui m'habite qui me permet de toujours avancer et de voir le meilleur dans chaque situation, la beauté de la vie.

Car si nous savions tout d'avance, nous n'évoluerions jamais.

Oui, la vie est belle, elle mérite vraiment d'être traversée, pour y trouver des pépites et en remplir son cœur d'or.

Étincelle comme un pur diamant, un pur joyau, la vie nous est donnée pas par hasard, mais bien pour faire avancer notre humanité vers toujours plus d'authenticité et d'amour.

Tel un papillon, ne cessons pas de nous transformer, de renaître et de déployer nos ailes.

Telle une fleur qui s'épanouit au soleil, ouvrons nos pétales pour nous déployer vers les cieux, vers ce paradis éternel, où nos anges nous guident et nous soutiennent à chaque instant. Communiquer avec eux pour y puiser leur aide et leur force infaillible et toujours présente.

Le chemin est souvent long avant la compréhension, un cheminement, souvent guidé pour ma part par la musique, les chansons, qui sont toujours là au bon moment, un signe de la vie qui me permet de me réconforter. La musique, voilà ce qui me permet d'être attentive aux messages transmis par les paroles.

Être plus présente, plus attentive à ce que la vie souhaite transmettre à travers les signes qu'elle sème sur mon chemin…

Dans mes plus dures épreuves, toujours une chanson a su me porter, me transporter et surtout m'encourager.

Allumer la radio et au beau milieu d'une chanson la réponse à ma question… La magie opère.

Mes anges se manifestent ainsi et cela me transporte toujours et même m'émerveille.

La guidance est très claire, moi j'appelle cela « la danse des anges ». C'est si doux, si léger et si signifiant.

Se retrouver en présence d'un proche et une musique qui guide la conversation, c'est magique !

Toujours écouter ces petits signes et se laisser guider. Cela paraît si simple mais pour moi un vrai programme !

Soif de magie, de synchronicités ; de tous ces éléments qui permettent à la vie de m'inspirer.

À chaque fois, j'aime ces surprises et sentir que quelque chose de bien plus grand que nous apparaît autour de nous et en nous.

Se laisser inspirer, transporter par la musique, une chanson c'est magique. Y trouver un message c'est céleste, grandiose et même envoûtant. La musique, qui permet d'élever les vibrations et d'être plus sensible à l'invisible, révèle une conscience bien plus développée.

Ce rythme entraînant et toujours transportant, évade et élève mon âme vers les cieux, vers les beautés célestes et vers nos anges partis trop tôt… À toi ma petite cousine chérie, je sais que de là-haut tu me guides et au moment même où j'écris, pour me murmurer à mon oreille ta fierté et ton envie de m'aider à mettre sur le papier mes épreuves mais surtout ce lien qui ne sera jamais coupé mais bien plus élevé… Cette petite voix qui me murmure « Continue à traverser la vie, je te guiderai, pour transmettre les beautés de la vie à tes enfants, diffuse toute cette lumière pour éclairer le monde qui en a tant besoin ». Là aussi, bien souvent, cette chanson, cette musique qui me rappelle tant ta présence, est toujours prête à être diffusée et entendue au moment opportun, le signe que ta présence est bien là, à mes côtés pour m'apporter du soutien et bien du courage.

La lumière, voilà ma bataille, mon Graal, le message que je veux transmettre à tout prix dans ce monde, la lumière finit toujours par jaillir et triompher même quand l'obscurité nous abasourdit, la lumière arrive et éblouie de beautés ce monde, et chaque jour renouvelée… Cette lumière qui jaillit d'une nuit étoilée, ou du soleil en plein jour, elle émane du plus profond de moi, et tente de percer pour illuminer notre monde.

Chaque jour un nouveau départ, une nouvelle vie qui s'offre à nous. À nous de savoir ce qui nous anime au plus profond de nous, et d'utiliser toutes nos cartes pour en faire un jour exceptionnel, où le partage et la transmission sont les maîtres mots, autour de la joie, l'amour et la paix.

Prendre le temps, faire silence pour y trouver la petite graine qui sera arrosée, bichonnée pour en faire un bel arbre solide tel le chêne, majestueux et puissant.

Ça va aller, voilà ma petite voie qui ne cesse de me le rappeler, avance avec tes talents, même si ce n'est pas parfait, oui tout donner, ça va aller…

Les galères en arrière, tout s'effondrait, mais cette voix qui ne cessait de me le répéter que ça irait, c'était très dur, penser au futur et positiver, toujours pour des jours meilleurs…

Car c'est dans les moments les plus sombres que la lumière devient encore plus vive.

Apprendre à écouter son cœur autant dans la pénombre qu'en pleine lumière.

Se faire confiance… faire confiance en la vie et toujours écouter les signes…

Tu sais si bien que la vie, ça va trop vite, prends ce que tu as et profites.

Profiter de chaque instant, chaque rire, chaque sourire, chaque fleur, chaque senteur est éphémère mais bien souvent reste gravée dans ton âme, tant l'intensité du moment est forte.

Une image, un flash, qui revient à la vie en un rien de temps et qui te redonne l'espoir, l'espoir d'avancer, l'espoir de rêver toujours plus haut, plus grand, pour croire à nouveau en tes rêves les plus fous…

Cette foi me pousse toujours vers le meilleur, vers cet idéal qui me paraît être si loin et qui est bien souvent si près, blotti au creux de mon cœur prêt à déployer mes ailes et mes plus beaux atouts.

Et oui la vie, c'est bien souvent cela, ces petits riens qui la rendent si exceptionnelle et si précieuse.

Ces précieux cadeaux qui chaque jour se révèlent à nous sous mille façons, un sourire, un mot, une image, qui créent en nous à nouveau cet espoir d'un jour meilleur, car ce qui ne nous fait pas avancer nous permet quand même de comprendre bien des choses qui nous feront évoluer plus tard.

Ne pas se décourager, avancer toujours, pour rallumer et déployer la flamme de notre cœur.

Personne n'a de recette miracle, mis à part nous-mêmes qui détenons seul le secret caché au plus profond de notre être. Cette force indescriptible qui nous pousse à toujours avancer pour déployer nos talents et nos valeurs.

Chercher autour de soi les solutions ne sert à rien si au fond de nous c'est le vide.

Se remplir de l'intérieur pour enfin se déployer à l'extérieur. Cet intérieur qui ne fait qu'apprendre, expérimenter et évoluer pour venir déployer ses mille facettes comme un pur diamant.

Entendre ce piano chanter cette douce mélodie de la vie, chanter l'espoir, l'envie d'être soi, pour mieux se réinventer se réaliser. Tenir le courage, l'envie d'y croire de tout réinventer.

Traverser les épreuves et se relever avec toujours cette petite voix qui résonne en nous pour mieux nous guider.

Être en permanence à l'écoute de ces signes de la vie, de ces coïncidences, qui ne le sont pas vraiment, pour croire que tout est possible, que tout est là autour de nous pour nous guider.

Comme toujours, le jour se lève, une nouvelle opportunité d'ouvrir une porte de bonheur. À nouveau découvrir la vie et ses merveilles qui se déploient sous nos yeux pour nous offrir ces petits riens qui rendent la vie si belle !

S'extasier devant ces petites merveilles qui sont en fait la base de toute vie et de tout bonheur des plaisirs simples et si gratifiants.

Ce chant d'oiseau au printemps sur lequel on peut baser toute une méditation et en sortir grandi et plein de courage.

Ce halo de lumière arc-en-ciel autour du soleil au zénith, une telle source d'émerveillement mais aussi source des plus belles imaginations célestes, ou chacun y voit son rêve ou son bonheur. Source de lumière à l'infini…

Un nid de coccinelles posé sur le rebord d'une fenêtre, de l'infiniment petit, tout cela crée un tel émerveillement, signe porte-bonheur, que l'on s'y rattache pour mieux avancer ensuite.

Signe d'espoir et de développement, je rêve à travers des signes de la vie pour ensuite mieux m'épanouir, entretenir cette petite flamme au creux de mon cœur qui ne demande qu'à grandir et rayonner.

Chaque jour, recommencer ces petits rituels sacrés, pour développer cette créativité mais aussi nous rassurer sur notre bonheur et sur l'importance de ces instants si doux qui nous permettent de réfléchir au sens de la vie, et au sens que l'on souhaite donner à ce nouveau jour, la direction, les bases pour toujours trouver dans notre journée le plaisir du jour, la transmission souhaitée. Toujours trouver un petit bonheur pour que le soir venu la journée paraisse plus douce.

Ce que l'on possède au creux de notre cœur au plus profond de notre âme, chacun le possède comme un trésor, et notre équilibre ne dépend pas du lieu de vie mais uniquement de notre équilibre intérieur, seul au fond de notre cœur on avance vers nos rêves et nos aspirations les plus profondes.

C'est dans le silence que l'homme grandit et devient pur et beau. Au cœur de son intérieur, il y déploie ses ailes pour s'ouvrir, ensuite au monde et y créer sa réalité, toute sa beauté, sa vie…

Aide-toi et le ciel t'aidera.

On ne cesse de tenter de trouver de l'aide autour de nous, d'y déployer mille moyens, mille énergies, on recherche à travers l'autre un soutien, mais le plus beau et le plus grand, celui qui nous permettra d'aller toujours plus haut est bien le nôtre.

Notre patience, notre volonté et notre cœur, qui nous guide sans cesse, mais pour trouver cela, il suffit de faire silence, d'écouter notre petite voix encore et toujours.

Seul, à travers ce silence on trouve la meilleure des guidances, les meilleurs indices, il suffit d'écouter ce murmure dans le vent, le vol des oiseaux, les étoiles.

Chacun possède cela au plus profond de son âme, mais très peu pensent que cela est possible.

Alors que la vie a toujours un plan bien précis pour chacun de nous, un plan toujours parfait, où il suffit de lâcher prise et de faire confiance en la vie.

Faut apprendre à laisser couler les soucis, les préoccupations quotidiennes, être bien accompagné et laisser s'en aller ce qui ne nous nourrit plus spirituellement, aller vers l'essentiel, qui nourrit notre âme, notre être.

Ne retenir personne, rien, les laisser s'en aller. Se reconnecter à ce qui nous parle et nous appelle le plus.

Chacun sa vie, se relever seul, ne pas rester assis. Il faut bien souvent toucher le fond de la piscine pour trouver l'élan nécessaire et retourner à la surface.

Avancer dans sa vie sans faire de bruit.

Le temps finit toujours par nous dire si on est bien accompagné, regarder au loin et sourire à la vie.

Respirer et avancer vers ce qui nous porte, nous élève, même si on est seul avec cet idéal de vie, cette petite étoile qui brille et qui nous guide vers un avenir meilleur.

Toujours croire en ses rêves et ne laisser personne ni rien s'y opposer… Tout faire, tenter pour les réaliser, voilà le but que j'essaye toujours de toucher. Qu'importe ce que je dois mettre en place, rien ne m'arrête, je tente tout, pour rêver toujours plus haut, toujours toucher les étoiles… car sans les rêves, la vie serait bien triste.

Une année pour tout changer

Un rêve, un idéal de vie, un lieu précis… Voilà le début de la grande aventure…

On a tous besoin d'un rêve pour se sentir tous vivants, le potentiel pour faire quelque chose de grand... un peu plus près des étoiles, là où les rêves n'ont pas de frontières, revenir sur terre la tête pleine d'espoir, rêver plus fort pour tout changer.

Depuis toujours, je rêvais de vivre au bord de l'océan, face aux vagues, à cette immensité synonyme pour moi d'éternité, de liberté.

Fascinée par ce lieu magique, au gré des marées, la vie m'y paraissait si douce et si paisible. Pour moi, vivre au bord de l'océan m'apporterait la paix et comblerait toutes mes attentes et mes souhaits non réalisés jusqu'à alors. Des longues balades au bord de l'eau, aux promenades en forêt en famille, le silence qui se dégage de cet univers si brut, si pur, allait être un lieu de ressourcement, de nouvelle vie, et y trouver mon lieu, mon petit paradis. Je m'imaginais me poser seule au bord de la dune, et y passer de longues heures à peindre le paysage, le coucher de soleil toujours différent, toujours aussi fascinant, changeant au rythme des marées, des jours, des mois, des saisons.

Une intemporalité que j'allais enfin vivre et découvrir, vivre mon rêve.

La vie n'est pas d'attendre que les orages passent mais c'est d'apprendre à avancer sous la pluie sans penser, il était temps que je vive la vie que j'avais toujours rêvé, que je m'étais imaginé.

Sénèque

Après une longue période, à l'aube de mes quarante ans, où je fais un long et fastidieux travail sur moi-même, je décide enfin d'avancer selon mes rêves et plus par obligation ou pour faire plaisir aux autres.

La petite fille sage, douce, sans soucis, voulait déployer ses ailes pour enfin vivre selon ses envies et ses rêves.

Et quelle chance de pouvoir réaliser ses rêves, dans un monde où seuls l'apparence, le business et le contrôle de tout règnent !

À quoi sert de rêver, si l'on ne peut jamais le réaliser… Y croire et tout mettre en place pour aller au bout de son rêve. Voilà mon objectif de vie, aller au bout de mes idées, de mes projets, et tout donner pour y arriver. Car la vie est si belle, et si courte, tout faire pour réaliser ses rêves peut paraître bien utopique, mais représente pour moi une force de vie et surtout une envie de découverte sans limites. Un courage sans faille, et un but bien précis à atteindre, ne jamais rien lâcher, car quand on veut vraiment au plus profond de son âme réaliser quelque chose, l'univers vient toujours nous guider et nous y aider.

Moi je ne désirais qu'une chose, la liberté, et l'océan allait m'apporter tout ce dont je rêvais que je manquais jusqu'à présent.

La recherche de cet équilibre de vie, qui pour moi passait irrémédiablement par le lieu de vie.

À l'aube de notre départ, mon acupuncteur me confia que pour lui seul l'équilibre intérieur était déterminant à notre équilibre personnel et que pour lui le lieu importait peu…

À cet instant, ces paroles ne résonnent pas du tout en moi. Pour moi, l'océan était la seule chose qu'il me manquait dans mon quotidien.

Je me devais de faire cette expérience de vie pour moi et mes proches, à près tout on ne vit qu'une fois, faut vivre la vie à fond et si l'on a l'opportunité de faire des expériences enrichissantes faut foncer.

Quelle merveilleuse chance, quel cadeau de la vie que de pouvoir tout changer comme ça, sans prendre de gros risques, une aubaine !

Puis, je pars du principe que l'on vit pour expérimenter, découvrir de nouveaux horizons, pour mieux grandir, pour évoluer et appréhender la vie avec toujours plus de force et de courage. Une vie sans expériences, sans remue-ménage, un quotidien trop bien réglé, très peu pour moi.

Pour moi, la vie doit être tout sauf monotone, ne jamais s'ennuyer, ne jamais rentrer dans une routine de vie. Toujours apprendre, c'est si enrichissant. Certes, ce n'est pas être à la recherche de la simplicité, mais toutes ces expériences permettent d'évoluer et de mieux comprendre le fonctionnement de notre entourage et de la vie tout simplement.

On me dit bien souvent qu'avec moi, on ne s'ennuie jamais, toujours des rebondissements, des tsunamis, des montagnes à franchir, mais l'amour est toujours là et il me donne des ailes.

Et oui, c'est bien l'amour qui me porte et me fait avancer dans la vie. Sans amour je ne suis rien, et l'amour m'embellit, me nourrit, me rend à la fois créative et attentionnée pour tout ce qui m'entoure, cet amour de la vie.

Si j'écris ce livre aujourd'hui, c'est en premier lieu dans un but de transmission. Oui transmettre le goût de la vie avec toutes ces merveilles et ces beautés, mais aussi transmettre cette force qu'est le courage et surtout la foi.

Une foi sans laquelle je n'aurai jamais avancé, ni même jamais serait née et arrivée à me battre envers tous et envers moi-même.

Arrête-toi un instant, cet instant, c'est ta vie.

La vie qui a commencé pour moi à l'aube de cet été 1979.

Je devais pointer le bout de mon nez mi-juillet, mais la vie en a décidé autrement, et m'accueillir dans ce monde avec un peu d'avance.

Les anges avaient décidé de me donner un peu de temps supplémentaire pour découvrir notre beau monde.

Après une fin de grossesse très compliquée, ma naissance est imminente afin de me donner la chance de vivre ou plutôt de survivre.

Je suis sortie du cocon maternel par la plus grande des rapidités, où la douceur et l'équilibre ne furent malheureusement pas la priorité.

La seule priorité était de sauver ma toute petite vie et celle de ma mère.

Une naissance brutale, soudaine, ce vendredi huit juin. Dans cet hôpital de La Grave à Toulouse, je pousse mon premier cri. Je suis immédiatement séparée de ma mère pour être, ensuite, transférée dans une autre clinique en unité spécialisée pour grands prématurés. À tout juste huit mois de grossesse, je ne pesais qu'un kilo sept cents grammes..

Ma vie à cet instant ne tenait qu'à un seul tout petit fil. Un tout petit fil doré qui me reliait à la vie avec des sondes pour me nourrir, contrôler mon état et continuer à me développer hors du ventre maternel.

Ces fils par lesquels je reste là, allongée, reliée au grand tout, au monde subtil et au monde réel.

Tout le monde s'affairait autour de mon petit corps dans l'espoir d'une petite amélioration, même infime, un signe de vie.

À l'autre bout de la ville, ma mère se bat, elle aussi pour rester en vie, tant la naissance avait été foudroyante pour nous deux. Une importante hémorragie l'avait si affaiblie qu'elle ne pouvait même pas se lever.

Mon père, lui, se relaie d'une à l'autre, pour maintenir le lien et surtout nous accompagner dans ces instants de vie si bouleversants et si déterminants pour nos vies.

Comme un hymne à la vie, à l'espoir, il va déclarer ma naissance tout seul à la mairie de Toulouse, où il a la lourde tâche si déterminante et si symbolique de choisir mon prénom.

« Nathalie » ce prénom résonne en lui comme le signe de force, de courage et surtout de tout un symbole pour notre famille, car c'était le prénom porté par son arrière-grand-mère paternelle. Et cette Nathalie, avait été une femme courageuse, mère de six enfants, dont le grand-père de mon père, Eugène, qui fut pour lui comme un père, de par sa sagesse et son dévouement en la vie et son parcours si compliqué et si courageux à la fois. Lui qui avait traversé la guerre et était revenu cinq ans plus tard auprès de sa famille dans ses vignes à poursuivre sa mission. Ce vignoble familial, entretenu depuis des générations.

Fierté de donner ce doux prénom à sa première fille, son premier enfant, Nathalie fait désormais partie de cette jolie famille si unie par l'amour.

Au bout d'une longue semaine, ma mère put enfin venir me découvrir, un moment si riche en émotions et en symbolique.

Mes parents se relayaient par visite pour me découvrir mais surtout pour veiller, guetter le moindre signe d'évolution ou de perturbation. Nuit et jour, les infirmières les tenaient informés de mon état.

La foi, et les prières étaient leur quotidien, comme dit bien souvent mon père *tant qu'il y a de la vie, y a de l'espoir.*

Mon arrière-grand-mère, Marthe, le lui disait en boucle, pour lui permettre d'y croire, mais surtout pour croire en moi, en ce tout petit être qui portait l'espoir de toute sa famille car dans de telles épreuves, on se soutient, on s'entraide et on prie ensemble.

Se battre pour rester en vie, je peux le dire oui je me suis battue comme une lionne car le chemin était loin d'être gagné, chaque jour passé était un miracle et un jour de gagné vers cette vie qui m'attendait.

Chaque petit gramme pris, chaque petite évolution était une véritable prouesse de vie.

Et moi dans ce petit cocon transformé, je me bats pour rassurer mes proches et montrer que je suis forte. Mes parents, je me devais de leur donner de l'espoir, de les remercier pour cette vie qu'ils m'avaient offerte et pour tout cet avenir que la vie allait m'offrir.

Au fond de mon petit cœur, je devais bien sentir que la vie m'appelait, que ma mission allait arriver et que je devais apporter de la lumière sur toute cette situation.

Jusqu'au jour, au bout de trois semaines de vie, où mon petit cœur décida de faire quelques secousses et soubresauts. Le diagnostic était désormais vital. Un arrêt cardiaque de cinq minutes fit tout basculer.

Mon petit corps était bien fragile mais mon envie de vivre bien plus forte. Mes guides et mes anges me ramenèrent à la vie, au plus grand étonnement de l'équipe médicale, un miracle pour mes parents et pour tout le service de néonatologie.

Car il y a quarante ans, les soins étaient bien évolués mais bien moins qu'aujourd'hui…

Ça y est, c'était inscrit, et l'amour autour de moi m'avait permis de lutter et de revenir à la vie.

Comment un tout si petit être, peut-il avoir autant de force pour déployer ses ailes et son cœur et dire « je vais bien, regardez je suis en vie ».

Un ange a dû passer sur mon doux berceau ce jour-là, pour me souffler à l'oreille que la vie est un miracle, et que l'amour qui va m'entourer me permettra de réaliser de merveilleuses choses et surtout de prouver à mon tour qu'avec la foi et l'amour, on est capable de tout !

Un miracle pour tous, mes parents, mes grands-parents et ma Mémé chérie…

J'allais faire partie de cette petite et belle famille où la plus grande des valeurs transmises est l'Amour.

Nathalie, ce doux prénom, m'est donné comme un signe de vitalité, d'espoir et de naissance. L'enfant est née, elle est là, et va nous porter…

Se battre, toujours avancer, ne jamais renoncer

Voilà la leçon que si petite s'était ancrée au plus profond de mes cellules.

Mes petites ailes commencent alors à se déployer, et ce joli petit bébé pourra bientôt rejoindre son nid d'amour accompagné de sa famille peu de temps après.

L'aventure de la vraie vie allait pouvoir commencer. Hors de l'hôpital et de la froideur des installations, des couveuses et des soins quotidiens…

Dans ma maison, où un si joli cocon m'attendait et avait été préparé avec le plus grand soin, où chacun y avait participé à sa manière. Comme pour patienter durant ces longues semaines d'hospitalisation, pour rêver, espérer, au jour où on pourrait me bercer et me câliner.

Ma Mémé, avait brodée de jolies couvertures, bleu, signe d'espoir et de lumière, ma Mamie avait cousu mon joli berceau et mes parents avaient décoré ma chambre avec de jolies décorations toutes simples mais si essentielles pour créer une ambiance si douce et si accueillante.

J'allais désormais pouvoir grandir et m'épanouir tranquillement au rythme des câlins, du chant des oiseaux et de ma campagne chérie.

La vie nous offrait à présent de précieux cadeaux, de doux instants partagés et des moments de douceur inégalés.

Pour fêter tout cela comme il se devait, mes parents n'avaient qu'une hâte : me baptiser. Signe de protection divine, ce baptême représentait une étape incontournable et si porteuse d'espoir.

Signe que le tout puissant allait enfin poser sa douce main sur ma petite vie.

La date fut réservée pour ce neuf décembre. Date à un jour près, à laquelle mes parents fêtaient leurs trois ans de mariage. Une belle coïncidence…

Tout s'organisait tranquillement, et ma mère, qui préparait le tout avec joie et bonheur, me confia pour l'après-midi à ma grand-mère.

Je pleurais beaucoup, me tortillais en tous sens sans raison apparente. Ma grand-mère, interpellée, eut un mauvais pressentiment. Pour elle, il n'était pas du tout normal que je pleure autant. Elle m'ausculta, et de son expérience, sentie qu'une hernie venait de sortir de mon aine.

Là aussi le destin avait encore une fois, un tout autre plan pour moi que de me baptiser trois jours plus tard…

Il voulait tester à nouveau ma force et mon courage avant de me faire entrer dans la merveilleuse famille des enfants de Dieu.

Une hernie inguinale foudroyante me ramena aux mêmes lieux où la vie m'avait été offerte quelques mois plus tôt. Au sein de l'hôpital Purpan de Toulouse.

À nouveau confrontée aux équipes médicales, aux opérations, à la froideur des lieux, mais surtout cela allait replonger mes parents dans un terrible effroi de la maladie, avec la peur que je perde la vie.

Opérée en urgence extrême, je me suis battue pour leur prouver à nouveau que j'étais bien là et qu'ils n'allaient pas se débarrasser de moi aussi facilement ! Eh bien oui, je le voulais ce sacrement du baptême, ma foi était bien là, et mon désir de vie aussi.

Tout fut orchestré parfaitement, et je sors du service la veille de mon baptême.

La vie m'appelait et Dieu voulait me faire entrer dans sa famille.

Ce baptême fut, je pense, une consécration et le départ d'une toute nouvelle vie pour moi. Ce neuf décembre, dans ma petite Église si chère à mon cœur aujourd'hui, mon prêtre adoré, Annie ma marraine et Michel mon parrain, étaient témoins de Nathalie qui allait déployer ses ailes, avec son plus beau sourire pour dire un grand oui à la vie !

J'avais réussi à prouver à mon entourage que la vie est aussi fragile, mais qu'avec force et courage, même un si petit être peut vivre et traverser des tsunamis, avec comme recette, l'amour et la tendresse par millier…

Petit papillon pouvait à présent se déployer et faire découvrir ses plus beaux atouts.

Je passe ma tendre enfance avec sagesse, calme, le tout, entourée de mes parents, grands-parents, ma Mémé Marthe et mes cousins, cousines. Dans un environnement si doux, dans un beau domaine au beau milieu des vignes, et une vie au rythme de la nature, où je m'occupais bien souvent à aider mes parents dans les champs de blé, de tournesols, dans les vignes à les aider à de menus travaux mais hautement symbolique pour une petite fille de mon âge. Participer aux vendanges était chaque année synonyme de convivialité, de partage et de grandes tablées organisées dans la grande salle à manger chez Papi et Mamie. De merveilleux moments pour créer de beaux souvenirs d'une enfance simple mais tellement riche en moments de simplicité, de joie, de transmission et d'amour. Comme mon Papi Pierre aimait me prendre avec lui sur ces genoux à me raconter son enfance et comment tout avait bien évolué depuis les chevaux de trait aux tracteurs que je connaissais à présent. J'adorais l'écouter me raconter tout cela, c'était tellement enrichissant de découvrir leur vie d'avant et de connaître un peu mieux mes racines, mes ancêtres… Des discussions qui représentaient de vraies richesses pour mon cœur. Encore aujourd'hui j'adore le raconter à mes enfants, je trouve cela tellement beau de pouvoir transmettre les valeurs de notre famille.

Mamie quant à elle, me partageait ses secrets de ses bons petits plats dont nous raffolons encore, recettes transmises de génération en génération mais qui font toujours l'unanimité autour de la table.

Et ma Mémé, qui était présente chaque jour pour moi, au retour de l'école, qui me préparait de délicieux goûters avec des petits cakes « écureuil » dont la saveur me revient au moment où j'écris, avait une véritable saveur d'enfance joyeuse. C'est avec elle que j'ai découvert le plaisir de la création, de l'artistique. Des heures à découvrir le crochet, dont elle confectionnait de merveilleuses couvertures pour chacun d'entre nous. Des heures de patience et de créativité pour terminer une véritable œuvre d'art qui correspondait à chaque fois aux goûts et couleurs de chacun de nous. Pour moi toujours le bleu…

De simples petits paniers créaient dans des petits marrons, voilà ce goût pour le travail manuel et artistique qu'elle m'offrait et j'adorais ça !

La vie ne m'offre pas de fratrie. Mes parents avaient été trop bouleversés par ma naissance et mes premiers mois, pour leur donner le courage de recommencer une nouvelle fois. Seul espoir et enfant de la famille, je me devais donc de les remercier et ne jamais leur causer aucun souci, car pour moi ma naissance avait bien suffi.

Ce poids commence à se faire sentir petit à petit car je voulais toujours faire plaisir, ne jamais les décevoir.

Et je peux dire que cela j'y arrivais très bien. Très bonne écolière, petite fille douce et polie, toujours le sourire aux lèvres, du bonheur à l'état pur je leur apportais chaque jour.

La vie avait un plan et je le suivais à merveille. La vie avançait tranquillement.

Mes vacances et jours sans école, je les passais chez Mamie Paulette avec mon cousin David et ma cousine Sandra. Très unis tous les trois, nous partions même en vacances à la mer avec nos grands-parents à Argelès. Nous étions très coquins mais les vacances étaient toujours très joyeuses et très animées… De merveilleux souvenirs où j'avais l'impression d'avoir un frère et une sœur à mes côtés. Avec ma douce Sandra, seulement trois années nous séparaient, et étant l'aînée je la protégeais toujours. On s'amusait à s'entraîner à danser sur Dirty dancing, on jouait de longues heures aux jeux de petites filles, où l'on créait un univers bien à nous, remplis de rêves de petites princesses, où la magie opérait toujours.

Les autres vacances, je les passais également avec mes autres cousins et cousines, Barbara et Nicolas, et avec mes grands-parents maternels Jean et Reine ainsi que mon arrière-grand-mère Henriette au Cap d'Agde. Mamie se démenait pour nous offrir des vacances toujours très joyeuses où beaucoup de sorties ponctuaient nos journées, de balades, de piques niques sur la plage. Ces instants formaient de merveilleux souvenirs d'enfance et de partages en famille.

Les étés prenaient des airs de légèreté qui chaque année étaient si attendus.

Les jours d'école, je les partageais avec Laetitia, ma meilleure amie, connue depuis la petite section de maternelle. Toujours ensemble, on grandissait et évoluait. Une véritable amitié comme on en connaît peu dans une vie. Elle connaissait tout de moi et moi tout d'elle. Une relation si riche et si belle, une véritable complicité. Nous nous invitions le mercredi et les week-ends et passions de merveilleuses soirées pyjama. Quelques bêtises venaient sceller ces instants où beaucoup de rires et de joies étaient partagés.

À l'aube de l'adolescence, je vécus mon premier gros choc psychologique. La vie décida de prendre au beau milieu des nuages ma Mémé chérie. Elle qui me disait toujours que le Bon Dieu la prendrait lorsqu'elle aurait tout transmis sur terre, et qu'il aurait besoin d'elle là-haut…

Elle qui m'avait presque élevée comme « sa petite poulette » m'avait tant appris, auprès d'elle, j'avais pris de l'assurance.

En une matinée, tout a basculé. Ma tendre Mémé qui m'écoutait, me conseillait était partie au ciel. Certes, c'était dans la logique de la vie, mais son départ laissa une place si vide

dans mon cœur de petite fille. Elle m'avait transmis le courage et surtout la foi.

Elle qui se recueillait chaque jour, tous les soirs pour prier pour nous tous mais aussi pour son tendre mari disparu bien plus tôt. Elle n'oubliait jamais personne et sa générosité me marqua pour toujours.

Mémé qui venait toujours à mon secours lorsque je me brûlais, elle avait en elle, ce don si merveilleux, ce don de la vie, du ciel, de soulager les brûlures. Ce don faisait partie d'elle, de notre famille, et de mes racines. Il me serait transmis une fois adulte, m'avait-elle dit…

Elle était là pour aider et apporter de la lumière autour d'elle.

C'est bien suite à tout cela que l'on découvre mon hypersensibilité. Au début débordée par mes émotions, elle devient assez rapidement remarquée par mes proches qui me disaient trop sensible…

L'adolescence approcha, avec l'entrée en sixième. Me voilà toute bouleversée. Un eczéma s'installa pour recouvrir tout mon dos. Signe d'une expression, d'un sentiment bien refoulé et de sentiments d'impuissance face à tous ces bouleversements.

C'était sans savoir que cet épisode plutôt négatif allait mettre sur ma route une des personnes les plus importantes de toute ma vie.

Il n'y a pas de hasard, il n'y a que des rendez-vous...

Paul Eluard

Pour ma mère, il était inconcevable de me voir ainsi, aussi mal. Il lui fallait trouver la solution à tout prix qu'elle n'avait pas… Après plusieurs traitements, rien n'y venait à bout.

Sur les conseils de la maman de ma copine d'enfance Laetitia, elle m'apporta voir une dame qui était conseillée pour soulager des maladies de peau.

Autant ma Mémé soulageait du feu, cette dame soulageait la peau.

Je me souviendrai toute ma vie de cette après-midi-là. Ma mère, qui était très occupée par la culture des asperges en plein printemps, a décidé d'un commun accord de me laisser en compagnie de cette dame.

Cette « Mamie » réussit petit à petit à me donner confiance et à me faire parler un petit peu. Il se dégageait de ces grands yeux bleus quelque chose de mystérieux, mais de très doux à la fois, un regard si rassurant. J'y ai vu une lueur dans laquelle on s'autorise à lâcher prise et l'on fait confiance.

Une connexion magique s'établit presque dessuite entre nous et je trouvais en elle, une telle sagesse, une telle confiance, une telle écoute. Elle émanait de la douceur même. Elle me faisait penser à ma Mémé… Le même regard, le même bleu…

Ce jour-là, ma vie change pour toujours. Elle avait les outils pour faire fleurir la vie. Et pour me restaurer, j'avais besoin de beaucoup de lumière. Avec elle, l'amour, la compassion, la douceur devenaient de redoutables armes pour faire tomber les murailles les plus tenaces.

Elle avait de l'or dans ses mains. Une telle chaleur en sortait, qu'en un instant elle était capable d'apaiser toute souffrance. La magie opérait à chaque fois, c'était la beauté de la vie et du partage.

Elle me révélera bien plus tard, avoir senti mon hypersensibilité au premier instant.

« Ma perlotte » comme elle aimait me prénommer était si évocateur pour elle comme pour moi. Plus qu'une Mamie, une alliée, une amie. Ma Mamie de cœur comme j'aime le dire, ma « Mamie Saux ».

Les anges avaient, à nouveau, œuvré et avaient mis sur ma route une véritable pépite.

Mon eczéma se soigna très rapidement, mais mes visites se furent de plus en plus rapprochées, tant le bien-être et la richesse de nos partages et discussions étaient grands et beaux. Tant de découvertes et tout ce qu'elle me transmettait était si fort. Tout cela me fascinait au plus haut point et j'étais très admirative de ce don du ciel.

Si fort, qu'il suffisait d'une pensée et bien souvent le téléphone sonnait et voilà qu'elle me racontait sa journée… Elle aussi appréciait ma présence, comme si j'étais sa propre petite fille, voilà ce qu'elle trouvait en moi, une petite fille douce et émerveillée.

De véritables synchronicités entre nous. Elle m'ouvre à cette magie, où je sentis indéniablement qu'il y avait bel et bien quelque chose de plus grand que nous au-dessus de nous. Que l'on était guidé bien souvent et soutenu par nos anges gardiens.

C'est là que j'ai compris que la vie n'était faite que de rencontres et que le hasard n'existait pas. La vie me mettait sur ma route les clés de mon évolution, de fabuleux trésors.

Elle m'enseigna la prière, le calme, mais aussi, et surtout la foi.

Elle me prouva qu'avec la foi, on peut toujours avancer, toujours y croire et surtout prier.

L'intention et la puissance de la prière sont des clés pour gagner confiance et surtout faire de cette hypersensible une force, une alliée dans la compréhension de la vie, de tous ces tsunamis et de cette lueur qui nous permet d'avancer et de faire face toujours quoique la vie met sur notre chemin comme épreuve.

Aujourd'hui avec du recul et de l'expérience, je peux l'affirmer, les rencontres ne sont pas le fruit du hasard, elles sont là pour nous enseigner et nous faire évoluer pour qu'à notre tour on puisse transmettre ces savoirs et cette sagesse.

Voilà aujourd'hui le but ultime de ce livre : la transmission.

Je souhaite transmettre tout ce que j'ai vécu mais qui m'a permis d'avancer. Transmettre surtout à mes enfants, pour leur permettre d'être plus forts, plus courageux, mais aussi pour qu'ils aient la foi. Foi en la vie, foi en eux, foi en l'univers qui, bien souvent, orchestre tout d'une manière si précise que même un horloger aurait du mal à régler.

Bien souvent, nous ne comprenons pas ce que nous devons traverser, ce que la vie nous met devant mais quelques fois cela est porteur de changement positif, de merveilleuses rencontres et d'ouverture au monde.

La vie reprit ses droits, une adolescence plutôt facile, des amitiés sincères au collège, où j'intégrais un petit groupe d'amis où l'on se retrouvait le week-end lors de « boom » pour partager de merveilleux moments, une vie rythmée entre le temps scolaire et la famille, au milieu de ma campagne, de mes vignes.

À la recherche d'un sens véritable à ma vie, c'est toute jeune que je rencontre Philippe l'Amour de ma vie. À quinze ans, il apparaît dans ma vie, comme une évidence, une âme sœur, mon double…

C'est grâce à mes difficultés scolaires en mathématiques qu'il intervient en plein milieu de l'hiver 1994. Et oui, c'est grâce aux mathématiques qu'il me donne des cours et que je tombe sous son charme et lui du mien… C'est anecdotique mais bien réel, l'amour frappe en plein cœur, à tout juste quinze ans.

Et là encore, la musique a joué ses plus beaux atouts. À travers cette chanson très rythmée « *it's a rainy day* » nous voilà officiellement ensemble… C'est doux et léger… Comme une résonnance de bonheur futur, cette chanson annonçant un jour de pluie, rythmera ensuite toute notre vie. Car la pluie s'invitera bien souvent dans nos moments les plus importants… Alors comme pour dire « mariage pluvieux, mariage heureux… » cette citation sonnera comme un point d'honneur à chaque instant…

Un peu plus près des Étoiles, là où les rêves n'ont pas de frontières pour oublier l'apesanteur sur terre.

L'Amour, oui, donne des ailes, des vrais. Je voyais s'y dessiner mon idéal de vie, avec comme rêve, une grande maison, beaucoup d'enfants et surtout beaucoup d'amour.

Comblée par des petits bonheurs qui me rendaient plus heureuse chaque jour, de l'expression de mon plus beau sourire.

Petit à petit, on apprend à se connaître, à grandir ensemble, car à quinze ans on est encore une enfant, des rêves plein la tête et des étoiles plein les yeux.

Comme deux jeunes remplis d'espoir, on avance avec l'amour comme boussole et la simplicité comme radar.

Des rires partagés, des balades, des petits voyages, tout nous rapproche et on se complète. Un si joli petit couple comme s'amusaient à dire nos parents. Il rentra intégralement dans ma famille comme moi dans la sienne. Il était le fils que mes parents n'avaient jamais eu, et moi la fille de ses parents que le ciel ne leur avait pas offerte, puisqu'ils n'avaient que des fils… Une grande et jolie famille était en train de se créer autour de nous.

Philippe devient mon repère, mon guide, et l'on partage tout, et on se suit comme deux petits oiseaux, avec légèreté, complémentarité et amour. Toujours attentionnés et attentifs l'un pour l'autre, à chacun de nos besoins. On révise ensemble nos examens au beau milieu des champs, on se fait réciter nos oraux, et on rigole, ça oui on en passe des moments à rire comme deux enfants qui jouent à reproduire les scènes d'école mais là c'était pour de vrai, avec le BTS pour lui à passer et moi le Bac.

Ce bac, où je fais la véritable prouesse d'obtenir un 19/20 en mathématiques ! Moi, qui avais de véritables difficultés dans cette matière, affichais ce jour-là ma plus belle note… Évidemment, ce n'était pas dû au hasard. Juste une heure avant de passer l'épreuve, je retrouve Philippe, afin qu'il reprenne un point que je n'avais pas bien compris. Et il prit un banal exemple de fonction, en m'expliquant tout le déroulement jusqu'au résultat, avec les conclusions de cette fameuse fonction… Et c'est la même étude de fonction qui fut proposée lors de l'examen… Voilà, cette histoire restera dans nos mémoires et fait bien sourire mes proches, mais pour moi peu importe je l'avais eu ma bonne note au bac et c'était le principal…

La majorité approchait pour moi, l'âge de l'émancipation. Loin de m'éloigner de mes racines, je cherchais juste à trouver ma voie mais avec comme seule contrainte de rester faire mes études non loin de ce cocon familial. Contrainte que je me suis fixée toute seule. J'étais fille unique et je ne souhaitais pas partir si jeune loin d'eux et les laisser. C'était idiot tout bien réfléchi mais sur le moment cela me bloquait littéralement, je me mettais des barrières toute seule…

Fort heureusement, je trouve ma voie, le commerce, à deux pas de mon domicile. J'allais pouvoir allier mes études et ma famille et cela me soulageait. Comme si inconsciemment, je me devais de ne jamais décevoir, jamais transgresser, toujours faire plaisir, et penser au bonheur des autres avant le mien.

Mon corps devait bien souvent se crisper, de partout, mais le sourire était toujours là.

C'est à ce moment que quelques crises de spasmophilie font leur apparition.

Tout allait à nouveau rebasculer, mais pour le meilleur, mais la vie était en train de mettre en place un nouveau plan pour moi sans que je n'en ai nullement conscience.

Lors d'un week-end aux sports d'hiver, je suis prise de soudaines violentes douleurs intestinales insoutenables. Ces douleurs m'ont littéralement clouée au sol, gisant de douleur, frôlant l'évanouissement. Plusieurs diagnostics sont posés, et divers examens sont pratiqués.

On me transporte d'urgence dans ce petit hôpital de montagne pour y dévoiler le diagnostic final. J'étais en train d'être emporté par une péritonite foudroyante. En effet, mon appendice était perforé, une rupture de la paroi. Une péritonite purulente qui laissait un diagnostic sans appel et l'urgence de l'intervention imminente.

Une nouvelle fois, la vie s'en reprenait à moi, aussi violemment, aussi brutalement.

Loin de ma famille, de mes repères, je me fais opérer dans les plus brefs délais. Sans cette intervention d'urgence, ça aurait été catastrophique pour moi.

D'une opération banale, cela se termine chez moi en une immobilisation totale de plus de deux longs mois.

En effet, le chirurgien avait dû intervenir rapidement, et n'avait donc pas hésité à pratiquer une incision très conséquente. Mais cela avait été nécessaire. Laissant une cicatrice de plus de quinze centimètres de long. Une cicatrice qui vingt ans plus tard me cause toujours de véritables soucis. Des adhérences tout en son long, réveillent douleurs à chaque effort musculaire ventral.

Cette intervention qui arrive en pleine période scolaire de ma seconde année de BTS, autant dire que ma réussite était bien compromise.

J'ai dû rester deux mois chez mes parents, alitée, au repos total, afin que ma cicatrice ne cède pas et me cause une éventration tant redoutée…

Avec du recul, cette période fut bénie pour moi.

Elle me permit un recentrage sur les vraies valeurs de la vie, une remise en question, mais surtout m'a permis d'apprendre à mieux me connaître.

Je passais mes journées à bâtir des projets à présenter à mon oral de BTS, à marcher, à découvrir la vie comme je ne l'avais jamais observé avant, tellement prise dans le tourbillon du quotidien. Une vie simple et si gratifiante.

Je débute au bout de deux mois la pratique de la gym douce, des étirements, mais surtout de long moment de solitude, face-à-face avec moi-même, moments de réflexion sur la vie tout simplement.

Lorsque je repris les cours fin avril, je me souviens dire à mon amie Laetitia, qui m'avait suivi depuis la maternelle au niveau scolaire, avoir vécu une sorte de retraite et de voir la vie sous un autre angle.

Je savais désormais que les grands projets professionnels, la pression commerciale, la rentabilité, le business n'étaient pas pour moi.

J'aspirais à tout juste vingt ans à plus de communication, de relations saines et de vraies valeurs. Je me sentais décalée par rapport à mes camarades, nos objectifs étaient différents.

Le commerce n'avait plus la même signification pour moi. Tous rêvaient de grande carrière commerciale, de trouver un emploi stable et bien rémunéré… et moi je rêvais de simplicité, de liberté, de partage… Une rêveuse de vingt ans.

À la plus grande surprise de tous, je réussis mon examen haut la main et obtiens même la qualification de major de promotion.

Mon travail personnel et ma facilité de communication avaient apparemment plu au jury de professionnels lors de l'examen final.

Mon sourire et ma détermination avaient été évalués à leur juste valeur.

Que cela ne tienne, une étape était franchie.

La fin de mes études et pour moi un nouveau départ dans la vie.

Départ professionnel mais aussi personnel.

Aimer, c'est ce qu'il y a de plus beau.

Un vrai carnet de floraison s'ouvrait à présent.

Afin de réaliser ce rêve, de cette vie simple je réussis à trouver un emploi dans ma ville.

Envie de plus de liberté et d'autonomie, nous décidons comme une évidence avec Philippe de nous installer ensemble afin d'y créer notre petit cocon d'amour.

Le départ de la maison familiale fut une véritable épreuve pour moi. Compliqué psychologiquement pour moi comme pour mes parents.

On n'est jamais prêt à voir partir ses enfants, même proches. Le départ est toujours une sorte de cordon qui vient se couper…

Ce jour-là, j'ai vraiment grandi, j'ai pris ma place dans la vie d'adulte et je prouve à tous que je peux me débrouiller par mes propres moyens. Indépendance financière, autonomie totale, la vie prend un rythme entre nos métiers respectifs, nos loisirs et nos projets personnels.

Après plus de sept années de bonheur et de partage, nous décidons comme suite logique de notre bonheur de nous unir, de nous marier devant nos proches et devant Dieu.

Ce vingt-huit juillet fut choisi pour symboliser l'union de nos deux dates de naissance. Le vingt pour Philippe et le huit pour moi. Ce chiffre vingt-huit allait devenir tout un symbole pour notre couple. Comme un signe d'infini…

Ce jour fut rempli d'une telle douceur, où seul l'Amour rayonne.

Je rayonnais à tout juste vingt-deux ans, on aurait dit *« Sissi »*. Une robe de rêve, de véritable princesse que j'avais choisie avec Sandra et Laetitia avec tant d'attention et de plaisir. Une robe en harmonie avec les couleurs choisies pour cette journée. C'est paré de roses cerises et blanches que je me présentais devant Philippe pour devenir sa femme et sceller notre union devant nos proches et une famille unie.

Dans notre petite église si chère pour nous, où avaient été célébrés nos baptêmes respectifs nous allions nous dire oui, accompagnés par notre prêtre adoré. Celui qui m'avait baptisé, fait communier, allait nous unir devant Dieu en ce jour si béni.

La totalité de la cérémonie religieuse est orchestrée par des chants d'amour où les larmes de joie et d'émotion saisissent l'ensemble de notre famille tant l'émotion y est grande.

Un coup de grâce à la faveur d'un « Ave maria » offert a capella par notre soprano « Jeremy » doté d'une voix céleste provoque une élévation de nos âmes.

Ma petite chérie Sandra, qui disait en boucle à nous tous, d'arrêter de pleurer, car tous, oui bien tous, ont pleuré, tant la magie du lieu et l'amour émanait et resplendissait au plus haut point.

La magie du lieu nous a enveloppés et nous a transportés plus près des étoiles, plus près de la sérénité, de la beauté, de la grâce et de l'amour…

On aura au fond de notre cœur, de nos âmes, ces douces mélodies d'amour :

Aimer

C'est ce qu'il y a de plus beau, aimer c'est monter si haut, et toucher les ailes des oiseaux, aimer c'est ce qu'il y a de plus beau.

L'envie d'aimer

Ce sera nous, dès demain, ce sera nous le chemin, pour que l'amour que saura se donner nous donne l'envie d'aimer...

Accompagnés de nos deux témoins, nos amis d'enfance, Laetitia pour moi et Stéphane pour Philippe, nous scellons notre amour en cette magnifique journée.

Tel l'adage, *pour vivre heureux, vivons cachés*, nous décidons de nous envoler sur une île déserte paradisiaque pour célébrer cette union.

Tahiti, destination paradisiaque, rêve de toute mon enfance, les vahinés, le tamouré, les lagons, les poissons, cette envie du large, cette envie d'évasion plus forte que tout…

Et oui, la Polynésie était un de mes plus beaux rêves. En effet, un jour, j'avais dix ans et ma Mémé Henriette m'emmena dans une librairie pour m'acheter un joli livre. Elle me laissa le choix. Et il se porta sur un joli livre sur les merveilles du monde. Une splendide photo de Bora-Bora illustrait la couverture. Je me rappelle à dire à ma Mémé, une fois rentrées à la maison « un jour, j'irai sur cette île ». Elle avait été étonnée et m'avait répondu « je te le souhaite, ma chérie ».

Et voilà que notre voyage de noces allait nous permettre de découvrir sur cette fabuleuse île. Bora-Bora ferait partie du voyage polynésien, tout comme Tahiti, Moorea, Rangiroa et Manihi…

Jouer au Robinson Crusoé, tel un appel, nous sommes prêts à décoller.

Si seulement… si seulement la vie le voulait bien…

À nouveau, un souci vient noircir le tableau… À tout juste un mois du départ, Philippe se fracture sa cheville droite lors d'un match de foot. La galère ne fait que commencer. Nos espoirs de partir se réduisent devant cette épreuve.

Le médecin orthopédiste nous déconseille le départ, car il doit envisager une opération, et de ce fait immobiliser Philippe.

Nous faisons le choix de l'immobilisation immédiate pour pouvoir espérer partir avec seulement une attelle.

Une attelle pour un voyage de noces à l'autre bout du monde, c'est tellement glamour ! Peu importe, l'appel des vahinés est trop grand et si proche.

Comme si cela ne suffisait pas, le onze septembre, voilà que le monde est plongé dans la peur, l'effroi, le désarroi et la frayeur. Les attentats sur le territoire américain compromettent notre escale à Los Angeles.

Comment arriver à envisager un tel départ sous de tels augures ?

Nous accueillons ce qui se présente devant nous, sans juger, en ayant juste la foi et l'amour pour avancer ensemble. À deux, on est tellement plus fort…

Notre rêve est si proche, comment y renoncer ?

Nous prenons la décision de nous envoler, pour toucher notre rêve du bout des doigts. On ne vit qu'une fois, et si notre destin nous y a amenés, nous saisissons notre chance malgré tout.

Piqué au Tiaré.

À notre départ, l'émotion est bien palpable, entre nos proches anxieux mais heureux pour nous, et Philippe qui a bien du mal à récupérer de sa fracture, n'arrange pas les choses.

Un gros point positif découle de cette situation tout de même… nous aurons le privilège de monter les premiers dans l'avion, et d'être placés comme des rois, pour laisser plus d'espace afin d'allonger la jambe de Philippe.

Ça y est, mi-octobre, nous décollons pour plus de vingt-six heures de vol. Trente-six heures sépareront notre départ de Toulouse à notre arrivée à Moorea.

Le voyage se fait au rythme du tamouré, des repas aux saveurs exotiques et des chansons de Fenua « *Paradisia* ».

Même les hôtesses de l'air sont habillées avec de merveilleuses robes polynésiennes. Le rêve commence déjà un peu…

Au revoir les soucis, la famille, et vive la liberté pour deux jeunes mariés au son des ukulélés, des colliers de fleurs et de la divine grâce du peuple polynésien.

Un pays si enchanteur, une population si accueillante, tout là-bas nous réjouit, un véritable paradis, oui on va le vivre ce rêve, tous les deux, c'est si magique si merveilleux.

Dès que notre avion atterrit à Papeete, nous sommes accueillis avec une telle ambiance. Des colliers de fleurs sont déposés autour de notre cou avec un seul mot prononcé des vahinés « Iorana, Maeva ». Il y a aussi des musiciens qui jouent de doux morceaux polynésiens, au son des ukulélés. Le hall d'accueil de l'aéroport est si magique. Des fleurs partout, des musiques envoûtantes et des Polynésiens si enjoués. Tout annonce un voyage au pays des mille délices.

Nous prenons ensuite un tout petit avion pour nous rendre sur l'île sœur de Tahiti, l'île de Moorea. Nous séjournons dans un hôtel au milieu d'une magnifique cocoteraie, autour des bougainvilliers de toutes couleurs et des fameux frangipaniers dont l'odeur est si envoûtante. La fleur de tiaré, emblématique de la Polynésie, à l'origine de la réalisation du fameux monoï de Tahiti.

Là, la vie est si douce et si différente de celle que nous connaissons en France. Nos journées sont ponctuées par la baignade dans le lagon, les pique-niques sur les petits motus (îlots déserts), la baignade au milieu des dauphins, les raies Manta, les requins. L'aventure est révolutionnaire, j'apprends à créer des colliers de fleurs, de coquillages, des paniers, aux senteurs si envoûtantes, quel bonheur !

Les soirées, nous mangeons de superbes plats typiquement polynésiens, salade de thon cru au lait de coco, au son des ukulélés et des danses des vahinés. Tout est si enchanteur ici. C'est un spectacle de couleurs, de saveurs et de découvertes toujours plus belles et plus merveilleuses. Nous visitons tout Moorea à travers les plantations de vanille, d'agrumes, et participons à un fabuleux spectacle polynésien au Tiki Village, mêlant traditions et repas typiquement polynésien.

Je me surprends même à me lever à quatre heures du matin pour observer le lever du soleil derrière les petits motus ou encore voir arriver au loin des petites pirogues nous apportant notre superbe déjeuner… Tôt le matin c'est un joyau…

Ce voyage est magique, un véritable havre de paix où l'on souhaite faire durer l'instant pour toute la vie. Tout y paraît si simple, si facile.

Au bout de quelques jours, nous poursuivons notre séjour sur l'île de Bora Bora. La perle du pacifique porte bien son nom. Rien que le survol en avion de l'île est d'une beauté à couper le souffle. Comme à l'identique avec la photo que j'ai découverte bien plus tôt, dans mon enfance lorsque ma Mémé m'avait offert ce superbe livre des merveilles du monde. Bora-Bora est un paradis posé au milieu de l'océan. C'est grandiose ! Tous ces dégradés de couleurs, le lagon va du translucide, au turquoise, au bleu nuit… la séparation des couleurs se fait au millimètre, c'est fascinant, et d'une beauté extraordinaire. Pour rejoindre notre hôtel, nous prenons un bateau, et faisons le tour de l'île, ce qui nous permet de découvrir depuis le lagon, la montagne qui est si majestueuse avec une végétation si luxuriante.

Nous aurons la chance de loger dans une véritable maison sur pilotis, où chaque réveil est synonyme d'émerveillement. Posé sur le lagon, la vie y est si douce. Même la table de salon est en verre et permet de donner à manger aux poissons qui passent sous notre petit faré.

Le plafond au-dessus de la baignoire est décoré de lianes de vanille fraîches. C'est magique !

Nous y rencontrons même un couple, en voyage de noces comme nous, qui deviendrons de véritables amis, Muriel et Patrick. Originaires le Lyon, nous partageons de merveilleux moments ensemble sur les îles, les motus où nous ferons de merveilleux piques niques, et découvrons en 4X4 l'île de Bora Bora. Nous ferons la rencontre d'un artisan qui peint sur des paréos. Son atelier est situé dans un parc qui surplombe toute la baie… Cela réveille en moi cette fascination pour l'artistique. De merveilleux souvenirs partagés tous les quatre qui scelleront notre amitié.

Un matin, nous décidons plein d'entrain, de pratiquer de la pirogue polynésienne pour faire le tour d'un petit motu mais les résultats ne sont pas très concluants. C'est loin d'être si simple que ça ne paraît. Faut être vraiment très synchronisés dans les mouvements avec les pagaies pour que la pirogue avance convenablement. Philippe qui pagaie rapidement pour faire avancer la pirogue et moi qui passe le plus clair de mon temps à rire, à prendre des photos et à observer le lagon, on n'avance pas vraiment… De plus, un petit vent nous ramène toujours vers le bord de la plage. Vue de l'extérieur, notre situation doit être bien comique ! Deux jeunes mariés qui tentent de jouer les Tahitiens avec si peu d'entraînement, c'est peine perdue.

De ce fait, nous décidons de louer une petite barque à moteur pour nous déplacer pour la journée. Elle nous permet de faire le tour de toute l'île de Bora-Bora à notre rythme et surtout de pouvoir profiter de la tranquillité des lieux. Nous aurons le plaisir de pouvoir découvrir un petit motu posé en plein lagon. C'est si merveilleux. L'eau est si translucide et si peu profonde, que l'on se brûle même les pieds pour accéder à la plage. Le lieu est totalement sauvage et désert, le petit îlot juste pour nous deux. On y joue l'aventure de Robinson Crusoé pour la journée. Pique-nique composé de fruits frais emportés de l'hôtel, salade de poisson. Nous nous désaltérons avec les noix de coco que nous cueillons sous les majestueux cocotiers qui bordent la plage. Philippe réussit même à les ouvrir à la « technique polynésienne », juste en tapant dessus d'un coup sec avec sa main et la noix de coco s'ouvre pour libérer son lait, si frais et si agréable à boire.

Nous profitons de ce calme, de cette tranquillité qui nous est offerte. Si seulement l'instant pouvait durer toute la vie, nous serions les plus heureux.

Nous nageons, accompagnés de magnifiques poissons multicolores dans une eau peu profonde dans laquelle on ne veut jamais en sortir tellement l'instant est délicieux. De la plage, la vue est à couper le souffle. La vallée si verdoyante et les montagnes de Bora-Bora sont saisissantes.

La journée restera à jamais gravée dans notre mémoire, une des plus belles de toute notre vie.

L'instant est si doux, et comme deux jeunes mariés au bout du monde, où la seule chose qui importe est notre bonheur, notre amour. Notre rêve polynésien est là en cette journée.

Nous découvrirons également les atolls de Rangiroa et Manihi, avec la visite des fermes perlières, où nous rapporterons comme souvenirs de magnifiques perles noires. Ces deux atolls sont différents des autres îles déjà visitées, car seule la barrière de corail les sépare du pacifique. Pas de montagnes pour ces atolls. Juste un bout de sable déposé au milieu du lagon, où la vie se déroule si paisiblement, autour de la pêche, du tourisme et de la culture perlière.

La splendeur du paysage et la couleur de l'eau sont là aussi saisissantes.

Nous profiterons d'une merveilleuse journée à Rangiroa pour faire la découverte du lieu si magique appelé « Lagon bleu ». Au beau milieu du pacifique, ce petit Eden, décrit comme le lagon à l'intérieur du lagon, permet aux visiteurs d'un jour de pratiquer du snorkeling, nager au beau milieu des requins. Nous avions déjà tenté l'expérience à Moorea et Bora-Bora avec les célèbres requins à pointes noires, qui sont inoffensifs et font partie intégrante du paysage. La différence avec ce lagon bleu, c'est qu'il s'agit de gros requins qui sont beaucoup plus importants en taille et bien plus impressionnants. Faut avoir suffisamment de courage pour décider de descendre du bateau et se lancer à l'aventure. Ce n'est qu'une fois plongée au beau milieu de tous ces requins que je réalise véritablement ce que je suis en train de faire. Les requins nous frôlent de tous côtés, et la sensation est assez déstabilisante, un mélange de peur et de fascination pour cette espèce. Et là, je vois les autres touristes qui prennent des photos depuis le bateau et me sourient, mais moi je n'en mène pas large… Le guide polynésien, qui a bien compris ma peur, s'amuse même à lancer du poisson juste devant moi afin que les requins viennent les manger au plus proche devant moi. Je ne lui en suis pas très reconnaissante, je lui en ai même un peu voulu d'être aussi inconscient. Finalement, je suis tout de même contente de l'avoir fait, car c'est unique à faire et surtout si marquant.

Nous terminons par l'île de Tahiti, avec la visite de son superbe marché aux fleurs, haut en couleur et en culture polynésienne. Dans ce célèbre marché, on trouve tout ce dont on souhaite rapporter de notre voyage. Des fleurs, des fruits, de la vannerie, des bijoux, et même des dents de requins…

Nous louons un petit 4X4 pour découvrir l'intérieur de l'île, la végétation est identique à celle de Moorea. Très luxuriante, l'air est empli d'odeurs qui embaument nos cœurs. Avec ses nombreuses cascades, des plantations de fruits et ses cultures de fleurs exotiques… une merveille autant pour les yeux que pour les sens.

L'heure du départ sonne au bout de deux fabuleuses semaines, hors du temps. Au revoir la Polynésie, et ses îles si enchantées, Moorea, Bora-Bora, Manihi, Rangiroa et Tahiti.

Nous repartons de là-bas la tête pleine d'étoiles et de rêves réalisés. Une pointe de nostalgie tout de même, car comment revenir à une vie normale, après avoir passé deux semaines au paradis. Le retour est bien difficile les premiers jours, où l'on est plongé dans les photos souvenirs, comme pour faire durer ces doux moments. La maison prend des airs de Polynésie avec les musiques que je mets en boucle, ces chansons de Fenua qui donnent un air léger en plein hiver. Les fleurs rapportées prônent sur la table, et les effluves de monoï remplissent la salle de bain.

Pour faire perdurer cette magie, nous nous rendrons à un spectacle de danse polynésienne dès qu'une troupe se déplace en métropole. Le temps d'une soirée, on revit la magie polynésienne, au son des musiques, des danses et du repas proposé. Ah ça oui, on peut le dire la Polynésie, ça vous envoûte et l'on est bien souvent, comme le dit la citation, piqué au tiaré.

Cette mythique fleur, emblématique de toutes ces îles, je la porte désormais sur moi, un pendentif de nacre où sont inscrites les initiales de mes enfants.

Décider d'avoir un enfant, c'est accepter que votre cœur se sépare de votre corps et marche à vos côtés pour toujours.

Catherine Hadley

À présent un nouveau projet en tête, bien logique selon nos aspirations de vie. Celle que la vie veut bien nous offrir, son ultime cadeau, pour nous combler de joie et venir sceller notre amour, un tout petit bébé.

Me voilà me surprendre à rêver de tenir au creux de mes bras un petit polynésien ou une petite vahiné…

Et quelques mois plus tard, c'est le cas.

La vie nous donne ce précieux joyau, ce don du ciel, notre merveilleux trésor.

Notre petit Ange, prénommé Théo, pointe le bout de son nez un an plus tard. Ce vingt-quatre novembre, il fait de nous des parents plus que comblés. Un véritable petit ange. Et pour tout dire, notre Théo a tout de mon rêve polynésien. Une naissance assez longue et compliquée mais qui n'enlève rien de sa beauté. Devenir maman pour la première fois, c'est très émouvant, et réaliser ce mystère qu'est la vie l'est tout autant.

Un si doux petit garçon à la peau dorée comme son papa, un petit nez retroussé comme sa maman, et de magnifiques cheveux châtains tout bouclés, un air de petit polynésien…

Notre rêve de créer notre petite famille venait de se réaliser.

Le jour de sa naissance, nous devenons de jeunes parents pleins d'espoir en l'avenir. Cela donne à mes parents un merveilleux cadeau. Comme pour venir réparer la douloureuse épreuve de ma naissance, ma mère découvre Théo une petite heure après sa naissance. C'était son plus grand rêve et avec Philippe, on lui permet de le réaliser. Pouvoir réparer ses blessures, et avoir l'immense bonheur de tenir dans ses bras son petit-fils juste né une heure plus tôt. Ces larmes étaient mélangées d'une immense joie mais aussi d'une grande mélancolie.

La plus belle et merveilleuse aventure que la vie puisse nous offrir. Un enfant est un véritable miracle de la vie, quelque chose d'immesurable, de si beau, si précieux. Quand on pose notre regard sur ce tout petit être et que l'on réalise que c'est nous, notre amour qui nous a permis de créer cet humain, la magie et l'émerveillement sont à son comble. Le découvrir chaque jour un peu plus, participer à chaque instant, chaque émerveillement, chaque sourire, chaque étape de sa petite vie, c'est fabuleux. Mon rôle de maman est alors bien plus grand, bien plus beau que ce que je n'aurais jamais imaginé. À côté de cet amour, plus rien n'a d'importance. Nous sommes comblés au-delà de nos plus grands désirs et rêves. Théo est si doux et si enchanteur qu'il fait de chacune de nos journées un petit paradis.

À présent, nous avons décidé pour le bonheur de notre petite famille de déménager. Nous nous sommes mis le défi de construire nous-mêmes notre maison.

Quelle belle aventure et surtout quel challenge !

Philippe se lance dans la construction de notre future maison. Avec tous ses talents, sa patience et son savoir-faire, son courage sans faille, le chantier durera deux longues années.

Je l'épaule de mon mieux et viens l'encourager et l'aider à chaque fois que c'est possible. Il bâtit le gros œuvre, électricité et plomberie, et moi je peins les volets, huisseries et réalise les décorations des murs intérieurs. Tableaux réalisés à base de plâtres colorés et d'empreintes de feuilles et grappes de raisins s'intégreront à merveille dans la décoration de la maison.

Nous avons tout construit nous-mêmes. De la réalisation des plans de la maison, construction du gros œuvre, et les finitions, tout a été le fruit de notre création.

Nous y travaillons tous les week-ends, les vacances et même le soir durant l'été après les journées de travail. On prend Théo dans sa poussette, dans son parc de jeux, où il passe de longues heures à jouer tout en nous observant travailler. Au son des comptines enfantines, nous installons le plancher chauffant, nous tirons les câbles électriques. Théo aura vraiment participé à la construction de notre maison.

Ce fut long et fastidieux mais quelle récompense au bout de deux ans quand pour le jour de la St Théo, le vingt décembre, nous y aménageons pour fêter Noël tous les trois.

Théo y fait même ses premiers pas, accompagné de sa marraine Sandra le jour même de notre déménagement.

Quel beau cadeau de la vie, notre maison allait pouvoir accueillir ce bonheur naissant, où nous allions pouvoir tous y évoluer et y construire l'histoire de notre famille et de notre vie.

Un véritable cocon de douceur où la vie y serait si paisible au beau milieu des vignes. Le même lieu où petite je passais de longues journées en famille à vendanger. C'est sur ces terres familiales que nous avons construit notre maison, comme un signe de la vie, un appel de cette enfance si douce que je souhaitais offrir à mes enfants.

Durant toute la construction, de petits rituels s'installent. Nos pères aident Philippe chaque week-end, et Papi Pierre vient toujours nous rendre une petite visite le dimanche matin. À vélo, il va acheter le pain, et fait un détour par notre terrain, pour vérifier l'état de ses vignes, la maturité des raisins, mais surtout pour venir discuter avec nous.

Papi, toujours à l'écoute et de bons conseils, se donne à cœur joie de nous guider et de nous raconter ses propres expériences sur la vie. J'adore toujours autant ces moments. C'est convivial et si enrichissant. Il joue avec Théo pendant que moi et Philippe tentons de faire avancer les travaux… De beaux moments de partage qui s'inscrivent dans notre famille. De véritables valeurs où encore et toujours c'est l'amour qui règne.

Pour Théo ce n'est pas Pépé ou Papi mais bien Pépère qu'il le surnomme de lui-même du haut de ses un an, c'est si mignon. Ce sera Manou pour ma grand-mère.

Le temps passait et Théo grandissait pour notre plus grand bonheur. À l'aube de ces trois ans, nous accueillons Thomas. Être fille unique n'avait pas été un fardeau, grâce à la présence de mon cousin et ma cousine, et de mes amies, mais je ne souhaitais pas avoir un enfant unique. Je souhaitais plus que tout fonder une jolie famille.

J'avais découvert un tel plaisir dans la maternité que mon désir de fonder une grande famille devenait une évidence.

Thomas arrive ce quinze octobre, dans les meilleures conditions possibles, et il découvre la vie telle une fleur qui éclot en plein printemps. Une telle douceur, sa naissance fut merveilleuse.

Tout brun et tout bronzé, il est si mignon. Une petite « boubouille » comme j'aime l'appeler. Thomas était si paisible, que même lors du séjour à la maternité il faisait déjà ses nuits.

De ce fait, nos journées étaient remplies de joies et de belles découvertes.

Doté d'une douceur inouïe, il illumine nos journées et permet à Théo de trouver le plaisir de partager de merveilleux moments de joies et de plaisirs.

Thomas était si facile, toujours content et très sage. N'importe où nous allions, il nous accompagnait et il était toujours très souriant.

Deux merveilleux petits garçons, c'est génial me disaient certaines personnes, mais au fond de moi mon désir de maternité n'était pas totalement comblé. Peut-être que la vie nous offrira le bonheur d'accueillir à nouveau un enfant, mais le projet était mis à plus tard.

Je commençai une nouvelle activité professionnelle, la vente à domicile de lingerie féminine. Une activité très gratifiante et florissante puisqu'au bout de seulement six mois je me retrouve responsable de tout mon département. Une équipe de plus de vingt personnes à gérer et des réunions à organiser. La vente à domicile me correspond parfaitement et mon affaire se développe à merveille. Mon emploi du temps est plus que chargé et allier vie de famille et vie professionnelle devient compliqué avec deux enfants en bas âge.

Mais le contact, la convivialité et les partages que me propose cette activité me plaisent énormément. J'y retrouve une partie commerciale qui me correspond tout à fait.

Petit à petit, je sens une forte fatigue s'installer, j'ai des ressentis très étranges qui apparaissent crescendo. Je sens un véritable mal être s'installer de jour en jour en moi. En apparence, j'avais tout pour être heureuse, un mari formidable, des enfants merveilleux, une maison, un métier épanouissant.

Malgré tout cela, je me sentais le plus souvent bizarre, étrange… Des ressentis jamais présents auparavant. Diverses peurs, anxiété qui devinrent rapidement de véritables crises d'angoisses.

Au départ, je gardais tout cela pour moi, me disant que ça allait passer, que je devais me reposer et prendre plus de temps pour moi. Puis même le repos n'en vient pas à bout.

Ces sensations, de mal être généralisé, me prenaient n'importe où et surtout n'importe quand. C'était l'angoisse totale, je perdais tous mes moyens et c'était le grand vide en moi.

Je consulte dans un premier temps un médecin qui me prescrit de l'homéopathie et de la phytothérapie afin de traiter un terrain anxieux. Des médecines douces qui j'avoue m'ont apaisées et permis de me redonner du courage.

En plein désarroi, me voilà rendre visite à « Mi Saux », ma Mamie de cœur, pour lui parler de ma situation. Elle m'écoute longuement, me rassure et me conseille, car pour elle il était évident que j'étais en train de m'ouvrir au monde subtil, à la spiritualité, et que mes ressentis du monde changeaient, et je me devais de les écouter, une grande richesse selon elle.

Cela passait par des rêves bien souvent prémonitoires, des pensées dirigées vers certaines personnes et voilà que quelques jours plus tard je les rencontre, un mal être ressenti en présence de certaines personnes ou certains lieux.

Cela était très déconcertant et même déstabilisant. Une impression d'être incomprise et d'être carrément décalée des autres.

J'en viens même à stopper ma carrière et à entreprendre une véritable thérapie personnelle.

Le calme de ma maison était mon seul remède.

De grand conseil mon médecin homéopathe, m'aida à traverser cette tempête émotionnelle et spirituelle du mieux que possible. Écoute et compréhension étaient les maîtres mots.

Je m'aperçois alors que mon hypersensibilité fait un bond en avant à l'aube de mes trente ans. Hypersensible, hyperémotive, hypersensitive, tous mes sens sont décuplés… conscience sensorielle très développée.

Mais comment arriver à gérer cela, dans un monde où l'irrationnel n'est pas compris et surtout très mal vu, voire jugé.

Passer pour une illuminée, une lunatique, non merci, je préférais me taire et vivre cela au fond de moi.

Et pourtant si j'avais su à ce moment l'influence que peut avoir tout ce qui est cosmique sur moi cela m'aurait évité bien des tourments. Mais ces choses ne s'inventent pas, elles sont le fruit de longues réflexions, recherches et compréhension du monde. De divers échanges, de discussions, pour enfin s'apercevoir que je n'étais pas seule dans mon cas.

Pour le corps médical, il s'agissait de crises de spasmophilie et d'anxiété généralisée. Fort heureusement, j'ai eu la chance de rencontrer des thérapeutes à l'écoute qui m'ont permis d'avancer par moi-même, avec beaucoup de communication, de bienveillance et d'empathie.

Lors de vacances au bord de l'océan, lieu que nous privilégions à chaque escapade, pour la paisibilité la tranquillité des lieux, quelques semaines plus tard, je fais la rencontre de Yvelise. Elle était la maman d'une petite copine de Théo. Rapidement, nos échanges sont amicaux et on sympathise. J'ai donc l'occasion de discuter avec elle de mes soucis, et là le hasard a bien fait les choses. Cette rencontre était tout sauf le fruit du hasard.

Une merveilleuse coïncidence, Yvelise est Kinésiologue.

Elle me donna un soin, à la fin duquel elle m'avoue qu'elle avait ressenti en moi énormément de magnétisme, et que tous les ressentis, que j'avais, étaient bien souvent liés à cela. Mais c'était à moi de savoir comment l'utiliser et surtout mieux le canaliser pour ensuite m'en décharger.

Enfin, tout s'éclaire en moi. Même si plusieurs personnes m'avaient mis sur cette voie en discutant, cela me permit de mettre des mots sur mon état et mes ressentis physiques qui devenaient quotidiens.

Philippe m'était d'un énorme soutien. Nous discutions énormément de mes ressentis, et il tentait à chaque fois de me rassurer et de m'apaiser. Cela ne l'inquiétait pas, bien au contraire, il y voyait une force. Et moi, je trouvais en lui un confident bienveillant.

Cet été-là, fut certainement l'un des plus déstabilisants mais surtout l'un des plus riches en rencontres et expériences.

Mon état ne s'améliorait pas vraiment. Malgré tous mes efforts et mes compréhensions, je retourne voir « Mi Saux ».

Elle me propose de m'accompagner voir un guérisseur qui m'aiderait à me calmer mais aussi à m'aider spirituellement dans cet éveil que j'étais en train de vivre.

J'avoue que j'étais à bout de souffle. J'étais métamorphosée physiquement, j'avais perdu quasiment dix kilos en seulement un an, et mon sourire commençait à s'effacer.

Ce sourire, qui avait toujours été mon atout, disparaissait.

Philippe, qui aurait tout entrepris pour m'aider et me permettre de mieux vivre ces états, décide de m'y accompagner aussi. Pour lui c'était évident c'était énergétique, je captais trop d'ondes, toutes les énergies qui m'entouraient et je fonctionnais comme une éponge, sauf que là l'éponge n'arrivait plus à se vider… un mal être impensable.

Nous voilà donc partis tous les trois rencontrer ce guérisseur nommé Philippe lui aussi.

À toi petite lumière qui vit au fond de moi, merci de me guider chaque jour et d'illuminer mon âme.

C'est le quatorze août, la veille de la fête de l'assomption, de la Vierge Marie. Elle que je priais quotidiennement pour venir à mon secours lorsque j'étais plus jeune.

Et là quel miracle de la vie, les anges avaient mis sur ma route un merveilleux guide.

Dès que l'on entra dans sa maison, Philippe T. nous y accueille comme si l'on était ses propres enfants. J'avais l'âge de sa fille, vingt-huit ans. Il se dégage de lui une telle paix, un tel calme, une telle sérénité. Je suis immédiatement saisi par la confiance que je pouvais lui accorder.

Il nous invite à entrer dans son « sanctuaire ». Décoré de merveilleuses statues de la vierge Marie, des bougies, le lieu était apaisant et lumineux, on aurait dit une petite chapelle. Je m'y sentais si bien. De douces et belles énergies émanaient du lieu.

La première chose qu'il nous avoua, c'est qu'il sentait que l'on était un couple baigné d'amour, que cela découlait autour de nous.

Que l'on était entourés de magnifiques présences angéliques et que l'ont été bien accompagnés.

Que dans une ancienne vie, Philippe était pêcheur, et que moi je passais mes journées à prier, et on habitait en haut d'une jolie montagne.

Suite à cela, la conversation se poursuivit par une question essentielle pour lui « mais pourquoi Nathalie as-tu arrêté de prier ? »

Mon mal être m'avait fait descendre tellement bas que j'en avais oublié la prière. Moi qui, avant, passais chaque jour du temps à me ressourcer, à invoquer mes anges, la Vierge Marie, Notre Dame de Lourdes. Comment avais-je pu arrêter l'essentiel ?

Philippe T. ressent lui aussi ce magnétisme en moi et me conseille de l'utiliser, sous n'importe quelle manière, mais de l'utiliser car cela est un don de Dieu et que je dois aider les autres sur leur cheminement.

Nous repartons de chez lui rassurés, apaisés par cette merveilleuse rencontre qui bouleverse ma vie ce jour-là.

La foi, la prière, le recueillement, devra à présent faire à nouveau partie de ma vie, c'est indéniable et nécessaire pour mon épanouissement personnel.

Comme pour marquer, le début de cette nouvelle vie spirituelle qui se présente à nouveau à moi, nous nous rendons au sanctuaire de Lourdes, pour rendre Grâce à la Vierge Marie, Notre-Dame de Lourdes. Ce lieu est véritablement magique, empli de douceur, de grâce, et de lumière. Alors que depuis toute petite prônait sur ma table de chevet, une statue de Notre-Dame de Lourdes que m'avait offerte ma tendre Mémé Marthe.

Tout comme Papi Pierre, Mémé Marthe possédait de grandes croyances et cela la maintenait forte face aux évènements de la vie.

Papi, lui aussi, bien malade, vient souvent me rendre une petite visite, et nos échanges sont souvent basés sur nos croyances et nos prières. Il vient chercher en moi un peu de sagesse et d'espoir, car il sait bien que moi aussi je prie beaucoup pour lui. Il sait bien qu'avec sa petite Nathalie, ces sujets-là peuvent être abordés en toute confiance et surtout avec une écoute silencieuse. Lui apporter du soutien face à sa maladie est très important pour moi, et je pense qu'il le savait bien. Garder toujours l'espoir, avoir la foi. Lui aussi prie beaucoup, pour que son état de santé ne se dégrade pas trop, mais surtout pour les autres, pour toute notre famille, ses amis… Il est très généreux, et est doté d'une grande bonté mon Papi Pierre. Un homme remarquable et apprécié de tous, d'une authenticité et gentillesse exceptionnelle. De ses grands yeux bleus, de lui aussi émane une telle douceur et une si grande compassion.

Lors de ce pèlerinage, j'ai ressenti un véritable soutien, une présence divine à mes côtés, quelque chose d'inexplicable et de bien réel. Une douceur maternante si rassurante et si paisible. Nous repartons de là, avec confiance en la vie, et de nouveaux projets pour notre petite famille.

Comment avais-je pu perdre la foi en la vie autant, comment tomber si bas, au point de ne croire en plus rien. Cette période fut terrible pour moi.

Je remercie le ciel tous les jours d'avoir été si bien accompagnée et guidée par mon mari, par Mi Saux qui à aucun moment ne m'ont lâché la main.

J'étais touché au cœur de mon âme. L'appel de la vie se refaisait sentir.

À ce moment, je me suis juré que chaque jour de ma vie j'honorerai cette grâce de pouvoir poursuivre mon chemin et découvrir les merveilles qui m'entourent.

Alors oui Philippe T. fut un véritable guide, un sage qui a su me remettre sur la voie de la foi et de la lumière.

Petit à petit, je réussis à remonter la pente, forte de grandes croyances, de ressentis et de grands espoirs en la vie.

La force et le courage étaient devenus mes maîtres mots, et c'est avec une immense foi que je me renouvelais à chaque instant. Mon doux sourire était enfin revenu à la plus grande joie de mes proches et de mon Philippe.

Oui sourire, c'est essentiel !

Tomber se relever, toujours positiver et rester motiver, toujours, toujours... et en toutes circonstances je garde le sourire...

Alors merci la vie, d'avoir mis sur ma route à cette période douloureuse de véritables guides, anges, qui m'ont permis à nouveau de déployer mes ailes, pour me prouver, qu'il ne faut jamais abandonner ni renoncer, que l'appel de la vie est plus fort que tout, et que le plan qui nous est réservé est unique. C'était une évidence que pour évoluer et m'ouvrir spirituellement à toutes ces beautés, je devais rencontrer Philippe T. Une fois de plus, la vie me montrait que les rencontres ne sont jamais un hasard.

Mon désir de maternité n'était pas totalement comblé et l'appel d'une nouvelle vie se faisait ressentir et était de plus en plus présent. Au plus profond de mes entrailles, j'avoue que mon rôle de maman me comblait au plus haut point. Mon côté très maternant était une évidence pour moi.

Mes enfants, ma vie, ce que j'avais de plus cher au monde. Comme me disait bien souvent « Mi Saux » « tu auras au moins bien réussi tes enfants ma perlotte », ce jour-là pour appuyer sa révélation, elle m'offre un petit flacon en verre sérigraphie avec la vierge Marie. Ce flacon lui avait été offert par une de ses grandes amies qui avait sept enfants et qui se rendait à Lourdes chaque fois qu'elle avait un souci avec sa grande famille.

Immédiatement, Mi Saux pensa à moi pour me le confier et me l'offrit.

Ce cadeau unique fut si révélateur pour moi.

Signe de maternité, de sagesse et de foi en notre Vierge Marie.

Quelque temps plus tard, à l'aube de mes trente ans, Lohan, ma douce lumière arrive le treize janvier au plein cœur de l'hiver, un jour où notre jolie campagne est parée de son manteau blanc. Dès sa naissance, son regard est si profond qu'il nous plonge dans un amour bouleversant.

Avec lui l'envie de nouvelles découvertes, un accomplissement de la maternité comme on peut la vivre à trente ans avec un an et demi d'allaitement, de cododo, un véritable bonheur. Une telle osmose, symbiose même entre nous deux.

Avec cet allaitement je peux, en quelque sorte rendre grâce à la vie, et particulièrement à ma période en service de néonatologie.

C'est avec la plus grande évidence et conviction que je me mets à recueillir mon surplus de lait maternel pour l'offrir aux services de prématurés. En effet le lait maternel, est irremplaçable, si riche et si adapté aux nouveau-nés, avec des qualités innombrables, et qui permet bien souvent de sauver de tous petits bébés. Il était donc pour moi un don de soi supplémentaire et une revanche sur ma propre vie. C'était en quelque sorte permettre à un autre enfant de vivre avec les meilleures conditions nutritionnelles. Une expérience très enrichissante où j'y mettais tout mon cœur.

Mon Lolo, qui me ressemble en tout et pour tout, faisait notre bonheur et ces frères étaient en extase autour de lui. Avec ces merveilleux cheveux blonds comme les blés et tout bouclés, il ne passait jamais inaperçu au milieu de Théo et Thomas. Tout le monde le prenait pour une petite fille, alors qu'il était un si doux petit garçon.

Ce troisième, la cerise sur le gâteau, nous a bien fait galérer, cette petite canaille, qui fit de nos nuits un véritable cauchemar jusqu'à ses quatre ans. Il avait déjà tout compris… même en pleine nuit maman venait câliner et apaiser ses tourments, alors autant en profiter, et moi qui en redemandait de cette douceur et de ces câlins pleins d'amour…

La vie avait repris son cours, elle était tranquille, bien rythmée, mais plus de grands projets d'avenir. Une routine s'installait…

C'était bien, mais il manquait quelque chose. Chez nous, on aime le changement, les défis et les expériences de la vie. Fallait que ça bouge, que l'on découvre autre chose, d'autres univers…

Il nous fallait un nouvel embranchement de vie pour accepter et s'affranchir du passé aussi.

La maison était terminée, les enfants aussi à priori, alors il n'y avait que côté travail que tout pouvait évoluer et changer.

Philippe avait depuis plus de dix ans, bien évolué, dans le secteur aéronautique, où il avait débuté sa carrière, il avait su mettre en avant ses qualités professionnelles, et avait été reconnu à sa juste valeur. Il était devenu cadre et là s'offrait à lui un nouveau projet professionnel pour un nouveau client.

On lui propose de prendre en charge une équipe pour ce nouveau projet dans la région parisienne.

La proposition fut rapide et soudaine et surprenante à la fois, mais tout aussi motivante pour lui, et une aubaine pour un tremplin côté professionnel.

Coté travail c'était intéressant, mais alors coté famille une autre histoire. Car il était bien évidemment hors de question que Philippe parte seul. Nous sommes si unis, que les expériences on les vit ensemble.

Après de nombreuses discussions avec les enfants, nous avons décidé ensemble de tenter l'aventure qui devait durer seulement huit mois.

On trouve ce projet plein d'espoirs, source de découvertes mais surtout une merveilleuse aventure et expérience familiale loin de nos repères, nos familles et notre quotidien.

S'inventer encore et toujours, vivre des expériences pour découvrir la vie et surtout en ressortir grandi.

Telles sont donc nos motivations pour accepter cette mission.

Une aventure un peu folle vue par notre entourage, mais pour nous une aubaine de découverte familiale. Seul mon Papi Pierre voit cette opportunité comme une réelle chance. Lui qui est né à Paris et y a vécu jusqu'à son adolescence, pense que cette expérience va nous permettre de découvrir bien des choses. Et puis huit mois dans une vie, ce n'est pas grand-chose… voyons le comme une mission à réaliser, pour faire de nombreuses découvertes, autant professionnelles que personnelles.

Tout cela s'organise en à peine plus d'un mois. Les enfants avaient même fait leur rentrée scolaire en septembre dans leur école habituelle.

Pour voyager heureux, voyagez léger.

Antoine de Saint Exupéry

Nous voilà partis fin octobre, nous cinq, dans notre voiture familiale chargée à bloc, d'affaires personnelles et le strict minimum nécessaire pour commencer cette nouvelle vie.

C'est assez impressionnant, comme tout compte fait l'essentiel à une vie prend si peu de place. Juste quelques valises, quelques jeux, livres et nous voilà partis.

Par contre côté organisation, bonjour l'ambiance…

Partir avec trois enfants de huit, cinq ans et dix mois, voilà le résumé en quelques mots.

Quitter notre campagne viticole pour découvrir la vie à la capitale, voilà notre nouveau défi.

Nous voilà tout frais débarqués dans cette petite ville de Montesson où la pure coïncidence nous y avait apportés.

Nous y attendait cette petite maison trouvée en location sur internet et qui portait un petit air de vacances à première vue, car elle affichait à l'entrée « meublé de tourisme ».

Nous n'avions rien découvert avant le jour de notre arrivée. Ce fut donc la découverte totale, la maison, l'environnement, les écoles… Tout avait été mis en place par internet seulement… Le hasard avait fait le reste. Nous avons eu la satisfaction et l'agréable surprise d'être accueillis dans une petite ville, bordée par les cultures et champs horticoles, à seulement dix kilomètres de Paris. Cela permettrait donc aux enfants de pouvoir continuer leurs activités extrascolaires, balades à vélo dans les champs, et le week-end de profiter de la proximité de la capitale pour les diverses activités culturelles et visites.

Philippe débute son travail, les enfants s'adaptent rapidement à leur nouvelle école, et moi dans tout cela au beau milieu de nulle part, je dois me réinventer pour ne pas rester isolée.

Heureusement, Lohan est avec moi toute la journée et je passe mon temps à l'occuper et à m'émerveillé devant ses progrès. Je me consacre à leur éducation et mets à profit mon congé parental pour leur bien-être. Être présente à chaque instant de leur développement, les sorties scolaires, les devoirs, leur épanouissement fait mon bonheur.

Puis me voilà débarquée à la sortie de l'école, et arborant mon plus bel atout toulousain, et je lance un simple bonjour chantant et la magie opère. Quelques regards d'étonnement se tournent vers moi, et je pense qu'à cet instant le début de l'aventure sonne pour moi.

Ah, cet accent m'aura bien sauvé, je pense. Grâce à lui, les échanges furent bien facilités et mes premières connaissances m'en redemandaient chaque matin de ce fameux bonjour chantant. Synonyme d'air de vacances pour eux et de racines pour moi.

Comme une évocation aux vacances, aux doux moments, mon accent, un véritable atout pour cette aventure parisienne. Même Philippe à son travail était accueilli chaque matin avec cet accent si bien imité, répété mais jamais égalé… Il facilitera les échanges et les liens.

Du simple bonjour, au célèbre « on va pique-niquer » au lieu de leur « Pic Nic » on aura tous bien rigolé. Les connaissances se font et, même, se transforment en amitiés au fil des jours.

Mais cette aventure parisienne n'aurait été rien sans les belles rencontres et les belles amitiés.

Quand on est loin de toute sa famille, de ses repères, les amis deviennent notre famille.

Ma petite Anne, ma chère et douce amie, rentre dans ma vie comme une étincelle, un modèle, une inspiration. Au retour du chemin de l'école, nous faisons connaissance, et rapidement trouvons des points communs… nos maris travaillent dans la même entreprise et sur le même projet… quelle coïncidence…

Cela nous rapprochait tous les jours un peu plus, nos enfants, nos maris, nos idéaux de vie. On passe de merveilleux moments ensemble, de partages si riches et surtout de beaux instants de maman.

Cette amitié était une évidence, un trésor de la vie, comme l'on en rencontre si peu. Sa vie me paraissait si enrichissante et un modèle de famille que j'aurais adoré faire partie. Elle a cinq frères et sœurs, et moi je suis fille unique… Elle rêvait d'une grande famille et moi aussi… Elle attendait son quatrième enfant quand moi cette idée pointait son nez… Je trouvais en Anne, beaucoup de similitudes et surtout beaucoup de points communs dans nos vies.

Le début de cette expérience parisienne aura été très enrichissant sous tous les points. Côté professionnel, Philippe a bien développé son projet et l'activité.

Côté familial, cette aventure nous soude tous les cinq comme jamais. Les expériences traversées en famille vous soudent et créent des souvenirs à vie. Nous profitons du début de l'hiver de cette année, pour découvrir toute la capitale, ses monuments historiques, ses parcs d'attractions, et de nombreuses découvertes culturelles.

Côté personnel, elle me permet de me prouver à moi-même que même loin de mes racines je suis capable de m'en sortir et de m'occuper de ma petite famille dans un autre environnement.

Avec juste l'essentiel, nous cinq, la vie se suffisait, les joies quotidiennes de les voir grandir, s'épanouir.

Nous voilà à la veille de Noël, à retourner passer cette fête en famille dans notre maison et notre campagne.

Joie, rires et fatigue seront au programme. Toutes ces aventures nous épuisent quand même, il faut bien le reconnaître. À vouloir tout gérer, pour que chacun s'épanouisse, voilà mon rôle de maman à temps complet.

Moi revenu dans notre maison, pour nous vider la tête, revenir aux sources, et profiter de moments simples, de magie de Noël en famille, j'étais bien loin d'imaginer, que j'allais à présent, faire une découverte qui allait révolutionner ma vie professionnelle.

Épanouie et remplie par mon rôle de maman, j'avais mis de côté mes projets professionnels et puis cette aventure parisienne m'occupait en tous points.

C'est au moment où l'on s'y attend le moins qu'un ange passe et dépose ses plus beaux cadeaux. Et quel cadeau… Et là, tout s'enchaîne…

Le succès n'est pas la clé du bonheur. Le bonheur est la clé du succès. Si vous aimez ce que vous faites, vous réussirez.

Un simple reportage et mes yeux s'illuminent. Oui, on peut le dire ce mot illuminer, telle une petite lumière qui surgit dans le noir. Comme un espoir, une étincelle, tout s'éclaircit et paraît si logique au fond de mon cœur.

Me voilà posée, à regarder l'écran de télévision, à découvrir une inconnue transformer avec ses doigts de fée une simple bougie en une magique création artistique, une merveilleuse bougie de Noël.

Ce vingt-quatre décembre 2010 restera à jamais gravé dans mon esprit et mon âme.

Le reportage à peine terminé, me voilà prise par un tourbillon d'imagination, à me voir créer à mon tour de magnifiques bougies. La sensation était vertigineuse, elle était mêlée d'excitation et je sentais de véritables papillons traversant tout mon corps, une ivresse, voilà à ce que je peux comparer ce mélange de sensations qui me prennent tout d'un coup. Comme le passage d'un ange qui nous murmure que le chemin est bien là et que l'on doit suive nos ressentis et nos intuitions pour avancer vers le bon chemin.

Merci la vie pour cet instant de magie. La magie de Noël avait opéré…

Je comprends à ce moment que quelque chose d'important se réalise devant moi, comme, je n'en connaissais pas bien la sensation mais le bouleversement est tel que j'en suis toute retournée.

À cet instant, c'est le cœur qui décide, ce qui te fait vibrer et te donne l'envie de voler…

Le génie créateur, me permet de simplement passer à travers mon être entier pour tenter d'y livrer mon goût pour l'artistique. Cela me replonge en enfance, à mes créations artisanales avec ma Mémé Marthe, en plein après-midi d'été sous la fraîcheur du marronnier à confectionner de jolis petits paniers tout dentelés… Quel retour en enfance, empli de magie et de nostalgie si chère et tendre à mon cœur…

Mon attrait pour l'artistique me revenait en pleine face et révélait en moi une envie indescriptible de découverte pour ce nouveau métier qu'est Artisan Cirier.

Les bougies loin d'être une surprise… depuis petite je ne pouvais m'empêcher de toucher la cire chaude coulant à chaque fois qu'une bougie était allumée… et à chaque fois on me répétait en boucle « arrête, tu vas te brûler », peu importe, la douce texture chaude de la cire me passionnait… qu'une si douce lumière émane d'un petit bout de cire, je trouvais cela magique ! Ce symbole de la lumière de l'âme, la pureté de la flamme spirituelle qui monte vers le ciel, la bougie est toujours fascinante.

Comme un signe d'espoir, mystique, il m'était impossible de résister à la tentation d'entrer dans une Église ou un lieu saint, sans allumer une bougie. Comme si les Saints personnages pouvaient devenir des confidents ou exaucer mes intentions à travers la douce lueur d'une bougie…

Les vacances se poursuivent dans notre campagne et arrive ensuite le mois de janvier. Nous retournons à Paris, pour poursuivre notre mission professionnelle où le quotidien reprend son cours.

Au bout de quelques jours, l'ennui pointe son nez, le froid est là, et je me sens un peu seule ici. Mes nouvelles amies ont aussi des occupations et avec l'hiver, nos petits sont souvent malades et doivent donc être gardés à la maison, ce qui n'aide pas aux rencontres amicales entre mamans…

Le célèbre petit café, goûter, du jeudi matin est bien souvent décalé. Ces moments sont si riches en partage entre mamans, où discussions tournent autour de nos enfants, de la cuisine, où chacune partage ses bons petits plats. De nos univers et origines diverses, on y découvre de véritables pépites. Moi et mes recettes du sud-ouest basées sur le canard, Anne et son fameux crumble poire chocolat, Violetta et ses recettes polonaises, Jézabel et son univers portugais qui ne m'est pas tout à fait étranger… Nos jeudis matin sont mythiques et tant appréciés. On y crée petit à petit un véritable groupe d'amies qui me permet de m'intégrer au sein de l'école et des activités extra scolaires. Et puis c'est tellement convivial et enrichissant de partager le quotidien entre mamans au foyer, on prend le temps de discuter, d'échanger, et nos enfants les plus petits, pas encore scolarisés, partagent de longs moments de jeux et découvertes ensemble. Aux beaux jours, nous ferons de belles balades au bord de la seine, certainement avec nos poussettes, mais pour l'instant c'est plutôt café, tisane et chocolat chaud…

Pour occuper mes après-midi, je vais sur internet effectuer des recherches sur les fameuses bougies. Je me documente, visionne des vidéos de créations artistiques situées en Pologne, de véritables usines à bougies… je suis impressionnée et fascinée…

Et un jour, tout d'un coup un flash… je décide de revisionner le reportage de TF1 de cette créatrice de bougies très artistiques.

« Les Solandines » voilà le nom des bougies de Valérie. Je le regarde plusieurs fois en boucle, comme pour m'imprégner du contenu. Je suis fascinée, émerveillée.

L'envie de faire sa rencontre est très forte, mais à quoi bon un nouveau projet, là, maintenant… comme si l'on n'était pas assez absorbés par le projet professionnel de Philippe et ce déplacement familial.

Et puis je décide de me lancer, après tout *qui ne tente rien n'a rien.*

Si j'ai eu ce signe de la vie, c'est peut-être que derrière cela quelque chose s'y cache pour moi…

Je compose le numéro trouvé sous la vidéo, et une voix féminine me répond. Mon cœur bat la chamade, je suis impressionnée qu'une telle artiste me réponde…

Sa voix est calme et posée. Elle a l'air touchée par ma curiosité et enjouée par mon entrain. On m'a toujours dit que le sourire et la bonne humeur s'entendent au téléphone, donc c'est avec mon accent que je lui explique les raisons de mon appel.

Au fil de la conversation, une véritable « connexion » s'établit entre nous deux, le plus naturellement possible.

Valérie est une de ces personnes qui dégage dans sa voie la confiance et la sympathie.

Une fois de plus, mon accent fait découler le reste de la conversation. Moi qui lui demande de la rencontrer, et elle étonnée qu'une « sudiste » veuille aller jusqu'à elle. Et là, à sa grande surprise, lorsque je lui explique que je réside dans la région parisienne depuis quelques mois pour encore quelque temps, un grand blanc ponctue la conversation…

Je pensais même qu'elle avait raccroché…

Et bien non, elle était juste surprise. Nous n'habitions juste à peine à dix kilomètres l'une de l'autre.

Si là, mon ange gardien ne mettait pas sur ma route de la magie, comment peut-on appeler cela ? Un tel message, une telle évidence, c'était vraiment étonnant…

Le fruit du hasard ? Certainement, Un signe ? Évidemment.

Écouter toujours les signes, être à l'écoute car la vie a toujours un plan parfait pour nous.

Là, c'était le bon timing, le moment de saisir ma chance !

Quelques jours après, me voilà partie pour cette rencontre tant attendue. Tout avait été organisé afin d'optimiser ce rendez-vous. Philippe était rentré plus tôt du travail, afin de garder les enfants et me permettre de m'y rendre l'esprit léger.

Je me retrouve donc dans une petite ville, en plein milieu de la soirée où la nuit avait fait son apparition bien plus tôt, à chercher dans les rues mal éclairées, la maison, l'atelier de Valérie.

Tout était sombre dans cette rue, c'était sans imaginer toute la lumière que j'allais trouver dans cette grande maison.

Je me retrouve comme une enfant apeurée et stressée à toquer à cette immense porte en bois. Est-ce la bonne maison ? J'opère un demi-tour pour retourner à ma voiture pour vérifier l'adresse, tant la rue était lugubre. La panique s'empare de moi, et je décide de revenir en voiture pour me garer juste devant sur le trottoir d'en face.

C'était la bonne adresse, à l'évidence. Je sors de la voiture et vais frapper à la porte. Valérie m'accueille et me fait découvrir son espace, son lieu de création bien à elle.

Au centre se trouvait sa machine de trempage, et autour étaient estampillées toutes ces merveilleuses bougies. Des couleurs par millier toutes différentes, toutes aussi plus magiques les unes que les autres.

Une telle ambiance, une telle douceur se dégage de ce lieu. Une sérénité mêlée à la beauté parmi les bougies. Au mur principal, juste au-dessus de sa machine, était accrochée une fabuleuse horloge à l'effigie du mont Saint Michel. Cela rajoute de la magie, lorsque chaque heure elle se met à sonner une douce mélodie pour démontrer le temps qui passe. Cette soirée-là, l'horloge a sonné au moins deux fois, tant le temps passé et les échanges avec Valérie étaient passionnants.

Nous échangeons quelques phrases et au bout de quelques minutes, le temps paraît si court, comme si l'on se connaissait depuis toujours…

À travers nos regards, nos échanges, la magie des vraies rencontres, opère…

Quelque chose de plus intime nous rapproche, lorsqu'elle m'avoue avoir vécu pendant cinq années juste à côté de notre village dans notre campagne viticole qu'elle connaissait parfaitement.

J'avais trouvé une merveilleuse personne qui connaissait mes racines et cela déploya en moi confiance et partage.

La vie venait de mettre une pépite entre mes mains.

À partir de cet instant magique, nos rencontres se font plus rapprochées, jusqu'au jour où a ma plus grande surprise, Valérie me demande de prendre sa place, pour créer ma première bougie.

La surprise est telle, que je suis prise de peur mélangée à de l'excitation, mais je prends place et me mets à réaliser cette fameuse bougie. Blanche et rose, mais première et surtout celle qui révélera ma volonté et mon désir de faire de cette passion mon futur métier.

Ce vendredi soir là du mois de mars sera le début pour moi de cette merveilleuse aventure des bougies de Nathalie.

Combien de fois devons-nous rêver pour se sentir vivant, combien de fois pour voir grand, avec la magie dans les étoiles et les yeux vers le ciel.

En attendant, notre mission à Paris s'est terminée et nous y serons restés finalement quatorze mois. L'expérience aura été très enrichissante pour nous tous. Les enfants sont devenus beaucoup plus autonomes et auront acquis une grande facilité d'adaptation aux changements scolaires. Un point positif pour leur avenir. Notre famille est encore plus soudée et de nouveaux projets communs voient le jour. Côté professionnel, Philippe a dépassé ses objectifs du départ et a réussi à créer un plateau de travail à distance à Toulouse pour toute son équipe. C'est plein de beaux souvenirs et de riches expériences que nous retournons à Senouillac, début janvier 2012.

Nous reprenons nos repères, dans les écoles, dans notre quotidien chez nous.

Mon projet de création de mon atelier tente de se concrétiser petit à petit. C'est long et fastidieux.

Ah ça oui, j'allais bien les tourner les yeux vers le ciel, car deux années seront nécessaires pour faire aboutir mes projets et créer mon petit atelier de création de bougies.

De rendez-vous manqués, en coup du sort, petit à petit mes bougies s'éloignaient de moi, mon rêve prenait la dérive…

Mais ce rêve qui m'obsédait où je me voyais dans un magnifique petit atelier en train de créer, faisait à chaque fois renaître l'envie de me battre et de tout donner pour y arriver, car *quand on veut, on peut.* Mis à part Philippe, mon entourage n'y croyait pas tellement en mon rêve, tentant bien souvent de m'en dissuader, mais moi j'étais déterminée et rien ni personne ne pouvait m'en empêcher. C'était mon rêve, ma volonté, et j'étais persuadée au fond de mon cœur que je pouvais y arriver et réussir à créer et commercialiser mes petites bougies pour venir apporter de la lumière autour de moi.

Le temps passa et cela me permit d'aménager mon futur atelier. Philippe créa un véritable petit paradis pour une âme créative. Un atelier tout en bois, que l'on peint de blanc, pour y apporter la plus grande luminosité. Un lieu déjà si magique même sans bougies… La douceur et la sérénité s'en dégageaient déjà !

Nous voilà au mois de janvier 2013, atelier terminé, petit cocon de création, lumineux et si bien agencé, me voilà prête à démarrer.

Ce jour-là, les anges avaient joué leur plus belle carte, un vrai signe de la vie…

Un énorme manteau blanc de neige immaculé recouvrait notre belle campagne, le premier jour du commencement de ma formation avec Valérie.

Un bel accueil pour ma Valérie, et une luminosité incroyable se déversait sur ce qui allait devenir mon avenir professionnel.

Au bout du troisième jour, Valérie, qui m'avait enseigné les bases du métier, se pose derrière moi, tel un maître qui guide son élève, et moi qui suis en train de créer ma première bougie en totale autonomie. Blanche et bleu, voilà les couleurs que j'ai choisies… ce bleu si symbolique pour moi, signe de spiritualité, aux couleurs du ciel, de l'espoir et hommage à notre vierge Marie.

À cet instant, Valérie me murmure tout doucement « tu es faite pour ça Nathalie, tu as de l'or dans les doigts ». Comme un coup de cœur en pleine âme ; elle me touche incroyablement. La vérité était implacable, j'avais trouvé ma voix.

La formation se poursuit, et de création en création, je me mets à développer une étonnante créativité, où la bougie devient un véritable moyen d'expression et surtout une magie pour mon cœur.

La foi, voilà ce qui me suis et me permet de faire naître « Lueur Étoilée ». Un nom si doux, si évocateur, de lumière, de magie, d'étoiles, d'espoir. Fruit d'une longue réflexion familiale, ou autour de la table durant une soirée, tous les cinq nous proposons plusieurs noms pour en faire naître à la fin à l'unanimité « Lueur Étoilée ». Symbolique pour la lueur qui rayonne à travers la sculpture de la bougie, et étoilée pour la forme du moule de base de mes bougies, l'étoile.

Cette foi en la vie, qui se développe et grandit, tout au long de notre aventure parisienne. Loin de nos familles, nous profitons de nos temps libres pour visiter de nombreux lieux Saints et de pèlerinage. Comme une quête de spiritualité…

De la magie de Honfleur, avec Notre Dame de la Grâce, Étretat et Notre-Dame de la Garde perchée en haut des falaises de calcaire, Lisieux et sa cathédrale Saint-Pierre, la basilique Sainte-Thérèse, ainsi que son sanctuaire avec la visite de la maison natale de Sainte-Thérèse, et pour terminer ce pèlerinage, la magie envoûtante du mont Saint Michel. Où là je suis surprise par la beauté et la magie qui se répand de la petite chapelle dédiée à Saint-Michel, ornée de sculptures de tous les Saints mais aussi des milliers de petites bougies multicolores qui décorent le lieu pour le rendre si merveilleux.

L'année est si riche en spiritualité. C'est quelque chose que l'on ne voit pas avec les yeux, mais que l'on sent avec le cœur. L'essentiel est invisible avec le regard. Le cœur ressent, et il suffit de faire confiance à son intuition et d'écouter son âme, cette petite voix qui parle lorsqu'on est calme. Elle guide et inspire, c'est notre soleil intérieur. Et là, comme par magie tout s'illumine, et devient plus brillant, plus vivant.

Tous ces lieux m'ont réellement porté, même transporté par la magie du divin. J'en suis émerveillée et surtout rechargée spirituellement chaque fois.

Je trouve en ces lieux une telle sérénité, une telle liberté, un tel apaisement, présence de magie céleste, que je pourrai bien y rester pour m'y ressourcer.

Et pour emporter un peu de cette magie, j'emporte à chaque fois une petite bougie à l'effigie du sanctuaire visité.

Signe de ma future vocation ou simple objet souvenir, auprès de ces bougies je récite mes prières et espère une vie toujours plus douce et harmonieuse.

Me voilà donc à passer le plus clair de mon temps, à créer mes bougies et voir s'opérer à chaque fois le même émerveillement. Bien souvent, les enfants viennent dans mon atelier et passent de longs moments à m'observer travailler. Dans leurs yeux, je peux voir ces petites étoiles qui brillent tout autant que la flamme de mes bougies. Ils sont fascinés par cette transformation et cette magie qui opère. Et là, j'ai ma réelle récompense, l'émerveillement de mes petits chéris. Et je peux enfin remercier Philippe de la confiance qu'il a mise dans mon projet et son soutien qui a été sans faille. Un projet bâti ensemble et que je réalise enfin auprès d'eux.

Me voilà donc à la tête de ma petite entreprise. Celle à qui j'aspirais depuis la fin de mes études. Depuis plus de 10 ans, je souhaitais travailler seule et commercialiser mes propres créations.

Au détour d'un séjour, nous faisons une balade à Rocamadour. Nous nous recueillons auprès de la vierge noire, et j'y ai déposé une de mes bougies devant l'Autel. Tout un symbole pour moi… Une de mes propres créations allait illuminer un lieu Saint.

J'étais de plus en plus portée par cette grâce et les débuts de Lueur Étoilée étaient prometteurs. Des créations réalisées avec le cœur, où la liberté et l'amour en ressortaient.

De divers salons, en marchés artisanaux, je découvre tout un univers encore inconnu, celui de l'artisanat. J'y fais de nombreuses rencontres, toujours très enrichissantes. Petit à petit, je souhaitais évoluer vers des partages avec ma clientèle plus authentiques et moins éphémères. Des rapports beaucoup plus riches, plus profonds.

Je décide donc de me tourner vers l'univers du mariage. Je réussis à faire partie de la merveilleuse équipe d'Albi Prestige pour participer à mon premier salon dédié au mariage et à la réception.

L'univers du mariage évoque l'amour par excellence.

Et quelle merveilleuse aventure, de rencontrer de futurs mariés, partager leur projet, les conseillers, et faire partie intégrante de leur union et de ce jour si important dans leur vie.

Leur confiance toujours renouvelée, nos échanges si enrichissants me permettaient de transmettre mes valeurs, et à travers mes bougies de participer à leur bonheur.

À chaque couple, toujours la même émotion, tous aussi différents les uns des autres, des parcours de vie si opposés, une diversité incroyable, j'étais au cœur de la vie, au cœur de la création, au cœur de la beauté et de l'amour.

Mariage, baptême, tous les moments de partage et de bonheur étaient devenus la base de mon métier.

Et comme on dit que le bonheur est contagieux, la magie opère une nouvelle fois. La vie décide de nous offrir à nouveau un précieux cadeau. Notre petit Robin arrive pour combler notre famille le deux septembre 2016. Une naissance bien longue et compliquée, mais si belle. Nous apprécions cette naissance au plus haut point car nous savons au fond de notre cœur que ce sera notre petit dernier. Sur le tard, cette fois, c'est le bébé bonheur, le cadeau du dernier instant. Enfant si désiré, il est l'incarnation de la simplicité et de la liberté. Robin est si doux, si patient et si enjoué. Notre « petit Mowgli » illumine notre famille de son émerveillement, de sa spontanéité et de son sourire si enchanteur. Il fait le bonheur de ses grands frères, et tous sont à ses petits soins. Il est si jovial, que son sourire illumine tous les cœurs.

Normal, me dirait Valérie, mon professeur de yoga qui m'y a initié deux années auparavant.

Pour elle *La vie est un pur joyau, maintenons son éclat et sa lumière.* Cette discipline que j'ai poursuivie pendant ma grossesse, m'a permis de garder ma sérénité, souplesse et a fait un bébé si calme et si apaisé.

Cette discipline fut une véritable découverte de mon corps, de ses possibilités et de cette sérénité. De ces cours, j'en ressors renouvelée à chaque fois, ressourcée et si apaisée. Ce yoga qui devient rapidement partie intégrante de mon quotidien.

Cette pratique me permet d'évacuer le stress pour revenir à l'essentiel. Revenir à mon corps et à mes ressentis. Mon hypersensibilité en fut grandie, mais mieux comprise et surtout mieux canalisée. À travers des mouvements doux, fluides, je reprends les bases de la sérénité et du lâcher-prise.

Le yoga un grand pas vers cette liberté d'être, liberté de mouvement, et expression du corps sous toute sa splendeur, a été mis sur ma route à un moment où l'angoisse revenait à grands pas.

J'avais été mis à nouveau à l'épreuve, avec le décès de Papi Pierre et de Mi Saux quelque temps plus tôt. Leurs départs respectifs, pour les lieux célestes, ont laissé en moi, un énorme vide. Papi comme un père pour moi, un repère pour notre famille m'avait laissé en héritage la foi, la croyance et la prière. Une simplicité d'être et une foi inébranlable en la vie, lui qui disait sans cesse que la vie était si fragile et qu'il fallait prendre soin de soi à chaque instant. Comme un doux joyau, la vie, un trésor à protéger sans cesse. Le calme, la douceur de vivre et la joie qui le caractérise, ne jamais juger ou condamner les autres, tel était sa vie. Être à l'écoute et apporter du soutien, toujours, il le faisait. Il souhaitait que sa famille soit harmonieuse, et les soucis l'ébranlaient. Mon Papi, si doux avec tous, un Papi chéri, pour nous comme pour nos enfants. Pépère, par le chant lui aussi s'exprimait. Jamais un repas de famille ne se terminait par une de ses chansons. Une voix qui illuminait la tablée. Même pour notre mariage, il prit le micro et nous chanta « Le refuge ». De beaux souvenirs à faire perdurer pour que nos racines et l'histoire de notre famille évoluent.

Mi Saux, ma Mamie de cœur, mon repère de spiritualité et de sagesse. Elle qui m'avait initié aux dons de Dieu, à ses bienfaits et sa faculté de soulager les maux du corps et de l'âme. De doux partages, qui me permettront à mon tour d'apporter soutien et réconfort à mes proches.

Elle m'enseigna les secrets de guérison par les mains, que je tente à mon tour d'utiliser toujours à bon escient à mes proches. Une transmission inestimable et surtout si significative de son attachement envers moi.

Ces deux absences que je tente de combler petit à petit par la présence de mes enfants et par l'espoir d'une vie plus douce et lumineuse pour eux. Leur évocation ramène en moi une foule de souvenirs merveilleux qui me redonne sourire et courage à chaque fois. Car oui c'est bien le courage qu'ils m'auront laissé en héritage. La foi en la vie et un courage à toute épreuve.

Une transmission de véritables valeurs de la vie, de beauté, de grâce et de magie du divin.

Chaque jour, autant de signes nous parviennent que la vue des étoiles. Parfois s'ils sont cachés, il suffit de lever les yeux pour les observer.

Les signes du divin abondèrent à partir de ce moment-là.

La beauté et la grâce arrivèrent comme par magie. Toujours écouter les signes et être attentif…

À travers, une colombe qui se dépose devant ma fenêtre comme une évocation de liberté, un doux parfum émanant de nulle part, un rêve, les signes étaient bien présents.

Un caillou en forme de cœur déposé comme par hasard sur mon passage, une plume que le vent dépose devant moi au moment où j'allais m'asseoir par terre… mes anges me guident et cela me réjouit. Au plus profond de mon cœur, je ressens leur présence et leur douceur.

Tous ces petits trésors posés sur nos chemins doivent nous interpeller et nous guider. À nous de leur laisser de la place et leur faire confiance. Ces signes sont toujours là pour une bonne raison, nous devons nous poser et tenter de les interpréter pour mieux être guidés sur notre chemin de vie, vers ce que l'on doit se consacrer et surtout mieux se réaliser pour offrir au monde le meilleur de nous-mêmes.

Lâcher prise, accueillir et tout arrive comme par magie.

Ne plus rien contrôler, retenir, laisser venir et laisser couler l'encre, comme l'eau de la source.

Tout est là, tout est possible, et si irréel, si surprenant c'est magique !

Des instants hors du temps, guidés par la magie de la vie.

Si tous ces tsunamis, tempêtes se sont présentées à moi, pour m'ouvrir à cela, alors je dis un grand oui à la vie, oui à ce livre et oui à l'éveil spirituel.

Jamais je n'aurai imaginé vivre cela un jour, un joyau, toute cette reliance, ces évidences, cette beauté, cet émerveillement, waouh… rien n'est dû au hasard, absolument rien, tout prend sa place et à un sens dans le cœur.

Partager ces instants, cette magie, inévitable pour moi, je ne pense pas garder cela pour moi, c'est trop beau, trop précieux.

Que chaque être puisse un jour découvrir cet émerveillement, ce grand saut dans l'inconnu, vers la magie du divin, simplement la beauté de la vie.

Telle une source qui jaillit du plus profond de la terre, ce livre, une évidence, un appel vers la liberté, ma liberté d'être et de vivre.

Me voilà enfin libérée de mon passé, de mes fardeaux, du devoir de faire, d'être. Stop, aujourd'hui je suis, je vis cela, ce plan que la vie a mis pour moi, un plan toujours parfait.

J'accouche de moi-même, au bout de quarante-deux ans depuis ma naissance, quelle renaissance, c'est magique !

Et si la guidance m'arrivait en écrivant ? Si l'écriture était mon moyen de libérer mon expression et mes ressentis de la vie ?

Une découverte si majestueuse et si précieuse. Merci mes guides, merci la vie…

L'univers me donne des cadeaux au moment les plus surprenants ? Du baume au cœur quand on se sent découragé, au fond du trou…

Et là, le soleil revient, signe de la préfloraison de mon être…

Avancer sur mon chemin. Une conscience accrue qui s'est développée face à la vie pour recréer mon univers, voilà le résultat de tout ce long cheminement.

Explorer une nouvelle part de nous encore fragile. Ne pas aller vite, mais y aller. Avancer doucement mais sûrement. Un petit pas après l'autre… Et prendre le train, pour avancer, une énergie à faire éclore et découvrir une part de nous qu'on ne connaissait pas. Faire confiance, fruit du travail, résultat de tout le travail entrepris depuis des mois.

Une réceptivité à nous même. Se rajouter un nouveau savoir-être qui émerge de nous. Réceptivité de nous-mêmes. On est porté comme le cours de l'eau depuis la source.

« Accoucher de soi-même »

J'en ai vécu quatre accouchements, tous touchants, plus merveilleux les uns que les autres, le plus émouvant est de découvrir ce premier regard, de ce si petit être qui sort de nous et qui découvre la vie. Cet enfant si magique, fruit de notre amour, qui vous transporte bien au-delà de toute espérance, de tout rêve… Ce doux bébé posé, sur ma peau nue, cette étreinte qui marquera ce lien d'amour à vie.

Un lien incommensurable et plus beau que tout. La vie, cette nouvelle vie, est bien là, au creux de mes bras. Ce si petit être, fruit de l'amour, me transporte en une fraction de seconde dans un monde rempli de beauté et d'espoir.

Devenir maman, mon plus beau rôle, mon plus beau métier. Le don de soi à l'état pur.

Avoir la confiance de ce petit amour qui attend tout de vous pour devenir une personne équilibrée et joyeuse de découvrir la vie.

Accoucher de moi-même, un aboutissement… et le départ d'une nouvelle vie, plus jamais comme avant, plus jamais mes yeux ne se poseront sur la vie de la même façon.

À l'aube d'entreprendre, ce que je pensais être l'élément de base de ce livre, me voilà en pleine révélation spirituelle…

La vie à un projet bien plus grand pour nous tous, il suffit d'y croire et de faire confiance, de lâcher prise et d'accueillir la magie…

Bien souvent, les signes nous sont envoyés, mais nous ne les voyons pas, ne les entendons pas, trop occupés par le flot quotidien de nos vies, de nos devoirs et de nos pensées.

Ils se dispersent alors pour mieux revenir plus tard, sous d'autres formes, d'autres lieux ou d'autres personnes. Mais lorsque la vie veut nous faire passer un message, elle y arrive toujours, tôt ou tard.

Tout comme nos angoisses, celles que nous ne gérons pas, reviennent toujours au galop et encore plus fortes. Et ce problème je ne le connais que trop bien.

Il fut une période juste avant mes quarante ans, où je traverse un style de petite crise existentielle. Tout démarre de mes crises d'angoisses qui se faisaient de plus en plus récurrentes.

Toujours la même peur panique, toujours liée au cœur, à cette peur de subir à nouveau une crise cardiaque. À chaque fois, le même processus de peur qui amène à la crise d'angoisse. Il suffit d'une douleur au niveau du cœur, du plexus ou des côtes, et voilà que je suis prise dans un tourbillon de questions, de peurs diverses qui me font craindre cette éventuelle crise cardiaque. Heureusement que mon médecin me connaît si bien, et me rassure à chaque fois. On me réalise divers examens, qui sont toujours sans équivoques, c'est le stress. Le cœur va très bien. Me voilà rassurée ponctuellement, et quelque temps plus tard, ça revient de plus belle. Tout me déclenche cette peur, palpitations, extrasystoles, oppression respiratoire… toujours la même problématique, le cœur. Oui, je suis bien au cœur du problème, mes angoisses sont bien déterminées, mais comment arriver à les gérer et surtout arriver à les rendre moins invalidantes ?

Mais pourquoi à nouveau ce sentiment de perdre pied et de descendre dans un tourbillon incessant ?

Cela revient tout d'un coup à la surface de ma vie, avec un événement bien précis qui me replonge dans mes origines et dans ma propre naissance. Inconsciemment, je me prends en pleine figure, cette énorme vague que je n'avais en fait jamais appris à surmonter et traverser…

Thomas qui vient de se fracturer son coude en pratiquant du Snowboard, est alors transporté en urgence à l'hôpital Purpan de Toulouse dans le service de pédiatrie.

Nous décidons alors que je vais accompagner et rester avec Thomas durant toute son hospitalisation. Normal que sa maman veille sur lui, nuit et jour à tout juste douze ans.

Et là, mes journées furent remplies par le passage en salle de réveil pédiatrique, au milieu des couveuses et lits d'enfants en bas âges venant de subir des interventions chirurgicales, les allées et venues dans les couloirs des services de néonatologie pour me rendre au service pédiatrique… Je voyais défiler devant moi, des couveuses, des enfants malades, des familles désespérées et des enfants à la recherche d'un sourire comme espoir.

Tout cela me plongea bien malgré moi à mes origines, à ma naissance, et aux longues semaines passées si petite dans ces mêmes lieux…

Mille questions revinrent à la surface, pour tenter de comprendre le fonctionnement des lieux, du personnel soignant si à l'écoute et de la magie de la vie. Durant ces journées, d'énormes angoisses refont surface, et me plongent dans un profond désarroi.

C'est alors que je prends la décision d'effectuer un travail sur moi-même afin de me libérer de ces angoisses qui reviennent sans cesse et toujours avec la même problématique, mon petit cœur… Celui qui s'était arrêté à trois semaines de vie durant cinq minutes et qui avait repris vie après l'intervention de l'équipe soignante. Est-ce que mes cellules avaient inscrit au plus profond d'elles ce traumatisme ? et venaient me le rappeler à la moindre contrariété… Pics au cœur, extrasystoles, palpitations, douleurs intercostales, tout passait en boucle.

Un enfer physique mais aussi psychologique.

Je commençais réellement à y croire, c'était bien malgré moi et surtout bien plus fort que moi… J'avais beau essayer de me raisonner, ça revenait de plus belle… J'avais beau me documenter, poser de nombreuses questions au personnel médical, cela m'apaisait un peu puis revenait encore et toujours, toujours…

Un jour, je me confiai à mon ostéopathe Alexandra, qui selon elle, il devait y avoir irrémédiablement un lien avec ma naissance.

Comment expliquer qu'une peur panique, obsédante, de mourir subitement d'une crise cardiaque me déclenchait chaque fois une crise d'angoisse terrible.

Elle me conseilla de rencontrer une thérapeute, Valérie, qui pratique l'EFT. Une technique brève permettant de se délester de ses angoisses lorsque celles-ci sont déjà repérées et nommées…

Au bout de ¾ séances, nous avions mis le doigt sur mes soucis. Certes, ma naissance avait été à l'origine de ces angoisses, mais c'étaient surtout les angoisses de ma propre mère que je portais depuis quarante ans.

Mon hypersensibilité avait ancré en moi les souffrances de ma mère qui continuaient de me tourmenter. Un effet miroir puissance mille…

Fallait à présent que je me détache, pour vivre selon moi-même, que je me libère de ce poids du passé pour que cela soit bel et bien terminé.

De grosses prises de conscience ont lieu à cette période.

Psychologiquement mais aussi physiquement. Je me fais alors une énorme entorse à la cheville droite, qui me bloque avec une attelle et des béquilles pour trois semaines chez moi.

En plein mois de décembre, où les commandes de bougies affluent, je me trouve alors incapable de pouvoir les honorer.

Ce n'était vraiment pas le moment, mais le destin en avait décidé ainsi, autant l'accepter…

C'est à ce moment que mon amie Monique fait son entrée dans ma vie, pour me transmettre sa sagesse et son vécu.

Pour elle, il était grand temps de faire une pause, et la vie m'envoyait cette entorse, cette épreuve, pour cela.

Trois semaines qui furent bien longues au départ, mais tout compte fait, elles m'ont permis de faire la meilleure des thérapies.

Seule à la maison durant les journées, je prends du temps pour moi, pour lire, beaucoup lire… De nombreux livres de développement personnel et des recueils d'histoires plus personnelles.

Mon attelle enlevée, on est à la veille de Noël, et cette période a été en quelque sorte bénie.

Moi qui redoutais plus que tout au monde, la solitude. En effet, rien que l'idée de me retrouver seule chez moi réveillait au fond de moi toujours la même peur panique, de faire un malaise, une crise cardiaque, et de n'avoir personne pour venir à mon secours, me sauver…

Et je me suis retrouvée là, bien seule durant cette période, toutes les journées face à moi-même, bloquée à la maison, sans même pouvoir conduire. Quelle expérience surprenante et enrichissante !

C'est dans ces moments-là, où face à soi-même, on déploie nos ailes et on tente de trouver des occupations. Ce fut le cas à travers des activités créatives comme la peinture, un moyen artistique d'occuper mon temps libre et de libérer mes peurs.

Petit à petit, j'ai appris malgré moi à calmer et réduire mes angoisses et surtout apprécier ce calme, ce vide à la maison et cette solitude. Il est vrai qu'avec quatre enfants, il y a toujours à faire, toujours une discussion, un bruit… et là, le vide toute la journée. Ça ne m'était jamais arrivé !

Au quotidien, les enfants rentraient pour le repas de midi, j'allais les récupérer s'ils terminaient les cours plus tôt… mais là dans l'incapacité de conduire, le quotidien a dû être réinventé.

Durant cette période, j'ai beaucoup médité aussi, je suis revenue à l'essentiel de la vie. Une période qui faisait écho avec l'expérience que j'avais vécue vingt ans plus tôt lors de mon immobilisation suite à l'intervention chirurgicale de l'appendicite.

Un flash-back imposé par la vie mais ô combien nécessaire et salvateur !

Tout prenait sens et j'acceptais enfin ce que la vie m'imposait. Une belle leçon tout simplement s'offrait à moi.

Prendre confiance en moi et en mes capacités pour mieux avancer sans avoir besoin de l'extérieur, de cette aide que j'avais toujours recherchée, ce soutien nécessaire mais si handicapant, mais sans qui je n'aurais jamais fait toutes ces fabuleuses rencontres, et cette aide de la vie et du divin.

Les signes sont toujours là au bon moment, même si souvent, on se retrouve démuni et qu'on perd foi en la vie, en trouvant que trop d'embûches s'interposent sur notre chemin qui nous barrent la route alors que bien au contraire tout prend sens. Ces blocages ont été mis sur ma route pour que je puisse puiser en moi les réponses et les expériences nécessaires pour m'en sortir.

Et cette foi, faut l'avoir, la garder, l'entretenir et la développer.

Comme me disait Mi Saux « la vie enquiquine celui qu'elle aime le plus » telle l'expression « qui châtie bien aime bien ». Si c'est cela la vérité, le chemin est bien long mais si beau.

Nous voilà, en pleine période Pascale, et l'on décide avec Philippe d'aller assister à la célébration de Pâques au sanctuaire de Notre Dame de la Drêche. Haut lieu de pèlerinage de notre belle région Albigeoise. La petite cathédrale, voilà le surnom donné à ce merveilleux sanctuaire de la Drêche. Ce lieu est si empreint de sérénité, de paix, situé sur les hauteurs d'Albi, avec sa splendide cathédrale toute bâtie de briques rouges, mondialement connue, puisqu'en 2010, celle-ci fut inscrite au patrimoine mondial de l'UNESCO.

Ce jour-là, comme une envie de renaissance au plus profond de moi. Ce jour si symbolique créa au fond de mon cœur, une envie de recommencer, de nouveau départ, après toute cette période de travail sur moi-même.

Au début de l'office, le prêtre prend la parole pour nous accueillir au sein de son église. Et là, la magie opère… Le prêtre est celui qui avait pris part à toute notre vie spirituelle, et à tous nos Saints sacrements. Le prêtre de mon baptême, de notre mariage, du baptême de nos quatre enfants… l'Abbé Albarède…

Ce jour-là, il y aurait pu y avoir une dizaine d'autres prêtres… mais, comme un signe de destin, c'était celui qui m'avait baptisé, celui qui m'avait fait entrer la grande famille des enfants de Dieu… Il allait me permettre en ce jour de renouveler mes intentions et signe de ce nouveau départ.

Je vis à cet instant, ce jour de Pâques comme une véritable renaissance personnelle.

À partir de ce moment-là, je sens que ma tête commence à se libérer, mais que mon corps portait encore cette lourdeur en lui. La preuve en était que je n'arrivais toujours pas à perdre le poids pris pour la dernière grossesse. Ces kilos qui pesaient et qui étaient compliqués à éliminer.

Je reprends le chemin des cours de yoga, qui avaient sur moi un effet salvateur. Quasiment plus de maux de dos, moins de courbatures, plus de souplesse et de légèreté. À chaque fin de cours, la méditation me porte dans un univers merveilleux et ouvre en moi un canal vers le divin. Visions, sensibilité, clairvoyance, intuition, tout en est développé.

Chaque semaine, le même rituel, le mardi est le jour du yoga, où je viens y déposer toutes mes expériences de la semaine et en repart renouvelée, pleine d'entrain et d'espoir pour les jours à venir.

C'est à ces cours où je fais l'une de mes plus belles rencontres. Face à moi, dans cette salle, pendant plus d'un an, j'avais la présence, de cette femme, qui dégageait une telle élégance, une telle classe, une sympathie, un sourire qui appelait à la confiance.

Nos regards se croisaient, un sourire, mais jamais nous n'avions échangé quelques mots. Tout dans ce doux regard.

Je la trouvais distinguée mais à la fois abordable, toujours très coquette avec un petit brin de fantaisie que j'appréciais beaucoup.

Jusqu'au jour où l'univers décide de nous faire rapprocher l'une de l'autre.

Valérie avait organisé une journée yoga dans son centre à Albi, et m'a proposé de faire du covoiturage afin de limiter le nombre de véhicules dans son parking.

J'accepte et elle me communique un numéro de téléphone afin que l'on puisse s'organiser.

Et là, comme par hasard il s'agit de cette personne que j'avais chaque mardi en face de moi. Elle n'habite pas très loin de chez moi, donc il était évident que l'on y aille ensemble.

Je la prends en voiture et au bout de cinq minutes, la magie opère… c'était comme si l'on s'était toujours connues.

Trente ans nous séparent, mais nos discussions sont complètement alignées, une impressionnante connexion à lieu. Mêmes centres d'intérêt, mêmes idées, et surtout même hypersensibilité.

Les mêmes angoisses nous hantent, les mêmes solutions que nous avions adoptées, le même parcours pour s'en libérer…

Une véritable âme sœur, une double, une jumelle… une véritable amie comme on en a peu dans la vie.

Véritable confidente, ma Monique le devient rapidement. Nos échanges sont de plus en plus enrichissants, et son vécu, son expérience et sa sagesse sont pour moi de véritables repères. Toujours de très bons conseils, réfléchis, posés et surtout adaptés, voilà ce que ma Momo vient m'apporter.

La vie nous a unis, voire réunis pour s'entraider et surtout venir comprendre ensemble le fonctionnement de notre hypersensibilité.

Même séparées de plusieurs kilomètres, toujours les mêmes ressentis, au même moment, nous ont poussés à ouvrir les portes de la compréhension de notre univers, du cosmos, des planètes, des étoiles et de leur influence sur nos corps et notre mental.

Quelle riche expérience mais surtout quelle magique découverte !

On commence à s'intéresser à l'astrologie avec le cycle des lunes, le rythme des saisons et son influence sur le corps.

Et là, j'y découvre un véritable trésor. Mais quelle magie qui s'opère autour de nous à chaque instant. Un seul petit mouvement planétaire et tout notre équilibre intérieur s'en trouve modifié, voire bouleversé.

Hypersensible à toutes ces énergies, c'est bien souvent face à un tsunami d'émotions que je dois faire face pour arriver à retrouver mon équilibre physique.

Diverses sensations pas toujours très agréables, voire sources d'angoisses, transportent mon corps, où seuls le yoga, la médiation, le calme et le recentrage en pleine nature me permettent de me rééquilibrer.

Le calme, voilà le grand besoin du moment, pour mieux apprécier l'instant présent.

Je m'abonne donc à de nombreux sites où régulièrement ils proposent des analyses cosmiques et à chaque fois cela s'aligne parfaitement avec mes ressentis.

Pour moi, pas évident d'apprendre à vivre avec tout cela, car dans mon entourage, mis à part mon Philippe, tout cela est assez tabou, voire mal compris. Un mélange d'incompréhension, de curiosité, de peurs de cet inconnu et surtout de cet invisible. Car faut bien le reconnaître, tous mes ressentis sont inqualifiables, incommensurables, invisibles et ne s'expliquent par aucune chose rationnelle. Même si de plus en plus de personnes s'y intéressent, cela est encore mal vu, et mis à l'écart par peur de ce total inconnu. Pourtant quelle richesse se cache derrière tous ces mystérieux phénomènes… J'y trouve pour ma part quelque chose de merveilleux, de beau, une connexion avec le divin, la voie céleste et la magie de la vie tout simplement.

Avec Philippe, nous nous complétons, et échangeons nos ressentis pour mieux avancer et tenter d'en décrypter quelques compréhensions pour aller dans le sens de l'évolution et dans le sens de la vie.

Avec l'aide de Momo, tout devient plus clair. Pouvoir partager ces ressentis et y trouver un véritable miroir, c'est une richesse incommensurable.

Ensemble, nous apprenons à comprendre, à décrypter et avancer un pas après l'autre pour des novices de notre niveau.

Ma Momo, bien plus qu'une amie, une confidente, oui nous échangeons quotidiennement, nos beaux comme nos durs moments. S'entraider pour mieux avancer, tel est notre motivation de nos échanges, de cette fabuleuse connexion.

Et l'on avance, faut bien le reconnaître, même si parfois nous reculons, pour laisser une faille à nos peurs. Mais c'est dans les fêlures que la lumière se fait un chemin pour s'infiltrer…

Je pourrais être sa fille et elle, ma mère. On se complète, on s'entraide, on a choisi d'avancer dans le sens de la vie, dans le sens de l'univers et de tous ces mystères…

Je me documente énormément, lis beaucoup de livres pour tenter de toujours mieux comprendre et dépasser mes peurs.

Malgré tout cela, la vie avance doucement, à chaque période de doute, de souci ou lors de nos périodes de vacances, nous partons en famille nous ressourcer au bord de l'océan, comme si cette immensité venait soulager et apaiser nos soucis. Comme si au bord de l'océan la vie y était plus douce, et surtout plus équilibrée.

De magnifiques vacances nous y passons à chaque fois, où rires et souvenirs de famille s'inscrivent en chacun de nous six. Des journées ponctuées de longues balades à vélo dans les forêts où le long de la plage sur le sable mouillé au coucher de soleil. Également, de longs après-midi de pêche à pied aux coques, palourdes et couteaux, font le quotidien de nos instants magiques passés entre plages océanes et forêts de pins de l'île d'Oléron que nous retrouvons plusieurs fois chaque année. On adore tous y venir sur cette petite île restée encore sauvage, où l'on trouve toujours un bout de plage ou de forêt éloignée des touristes.

Quand sonne l'heure du départ, on y resterait bien à chaque fois. Chaque fin de séjour, le même rituel, le cœur serré et la boule au ventre, comme pour dire à bientôt à cet univers où l'on tombe si vite amoureux des lieux. Ces lieux si paisibles, si adaptés aux familles nombreuses où les plaisirs simples de la vie remplissent les journées.

Un rêve pour moi, je l'ai ce beau rêve… J'ai même dit à Philippe bien souvent, que si c'était possible, je déplacerai notre maison et la transporterai à l'océan, comme dans les dessins animés, où tout est possible ! Mon rêve de vivre à une dizaine de kilomètres de l'océan…

Tout serait si parfait, notre petit cocon familial, proche des longues plages océanes, où tout me semblait si parfait, si ressourçant, si envoûtant, si magique.

Une vie simple, faite de plaisirs simples. Un véritable rêve pour moi dès le départ qui devient au fil du temps et de la vie, une envie pour chacun de nous.

Mais comment arriver à réaliser ce rêve ? Tout d'abord, une idée bien saugrenue, qui mûrit petit à petit. Avec toujours la même directive et le choix de notre vie, c'est que l'on doit toujours suivre ses rêves et tenter de les réaliser, car la vie est bien courte, alors tentons de profiter de chaque instant et vivons la vie de nos rêves.

Il n'y a pas de plus belle aventure au monde que de vivre la vie de vos rêves.

À ce moment, une chanson me porte, me transporte…

La vie ce n'est pas d'attendre que les orages passent, c'est d'apprendre à danser sous la pluie, il est temps que je vive la vie que j'ai rêvé que j'ai imaginée.

Et là, au milieu de l'année 2019, au mois de mai, Philippe arrive un soir à la maison, avec la proposition inespérée, tant rêvée…

Un nouveau projet aéronautique lui est proposé à Mérignac pour une durée de deux ans. Un nouveau client a besoin d'un chef de projet et Philippe a le profil qui correspond exactement au poste demandé.

La soirée est très animée, mêlée d'excitation et de questionnement de tous, mais à l'unanimité on se devait de tenter cette aventure en famille.

Dès le lendemain, il propose sa candidature qui est acceptée rapidement.

À cet instant, tout s'emballe à une vitesse vertigineuse.

Fin juin, le projet est validé pour un commencement fin août sur place à Mérignac.

Fallait donc tout mettre en place, logement, écoles, organisations diverses en à peine une semaine, car le dix juillet, les écoles seraient fermées jusqu'en septembre, et on se devait de déposer les dossiers d'inscriptions avant pour s'assurer de places pour la rentrée dans les divers établissements scolaires.

Les nuits sont courtes et les journées intenses. Avec quatre enfants à scolariser et une famille à sécuriser, le défi est de taille, surtout en si peu de temps.

C'est dans ces moments-là où bien souvent, je suis doté d'une énergie débordante, où seul le résultat importe, et ma motivation est telle, que j'aurai tout imaginé, tout chamboulé, et toute barrière dépassée pour réaliser mon rêve. Vivre à l'océan… C'était la chance de notre vie, bel et bien devant nous, qui nous était proposée…

Il était hors de question de renoncer pour quelque souci matériel ou par manque de solutions.

Lorsque nous en parlons à nos proches, même s'ils connaissent parfaitement mon sens de l'organisation, ils avouent être un peu dubitatif de la rapidité du projet et surtout du peu de temps imparti pour tout organiser… juste dix jours… dix petits jours pour atteindre notre but… notre rêve.

Mais là, je suis certaine à cet instant que rien ne m'arrêtera, que je mettrai toutes mes ressources pour atteindre notre but, et que de toute façon, je vais y arriver, c'est certain ! Si la vie nous propose cette mission, nous nous devons de la vivre, peu importe les barrières.

Je me mets donc à rechercher un logement, une maison avec au moins quatre chambres pour y accueillir toute notre famille, dans un cadre plutôt calme pour ne pas déraciner les enfants de leurs habitudes, et conserver un certain confort et qualité de vie.

Car quitter notre maison durant cette mission oui, mais tout sacrifier non.

L'épanouissement de notre famille est bien plus important. Et là, nous avons dû faire face à un véritable mur. Quelle galère, la recherche d'une maison dans la région bordelaise. Pénurie totale, dossiers par centaines déposés bien avant le nôtre et surtout manque de temps certain.

On voit s'amenuiser les chances de notre futur départ. Car sans logement, impossible d'accepter le projet et vivre en résidence de tourisme à six en attendant de trouver mieux n'était pas envisageable. Nous ne souhaitions pas envisager d'ici quelque temps de devoir rechanger d'établissements scolaires aux enfants. Fallait trouver un lieu adapté et y rester pour la durée du projet.

Jusqu'au jour, où par résilience, je décide d'élargir mes recherches aux quarante kilomètres alentour. Et là, c'est la magie ! Je n'en crois pas mes yeux… Je trouve une maison neuve qui correspond complètement à nos critères avec un jardin, et à proximité directe d'un lac. Rien qu'avec les photos, je m'y projette déjà. Une vue à couper le souffle, c'est le lieu parfait, idéal pour nous tous. C'est irréel, trop parfait…

Dès le lendemain, nous avons rendez-vous avec l'agence immobilière chargée de cette location.

Ce neuf juillet marquera le point de départ de cette aventure océane.

Nos anges gardiens devaient certainement déployer leurs plus belles aides, dans cette seule journée, nous avons signé le bail de location de la maison, visité l'école pour Lohan et Robin qui se situe à deux cents mètres de la plage, visité le collège de Thomas situé au beau milieu des pins et pour terminer, trouvé le lycée pour Théo qui propose la section correspondant à ses options. Et pour couronner le tout, un arrêt de bus qui dessert tous ces établissements scolaires est juste devant notre future maison.

Cette journée-là, tout est allé si vite, si bien orchestré, tout était véritablement parfait.

Une maison au bord du lac si paisible, à cinq kilomètres de l'océan et à trente-cinq kilomètres du travail de Philippe. Le cocktail rêvé pour un nouveau départ familial.

Monique, mes parents, nos amis, tous étaient surpris de la rapidité de notre organisation et du timing qui était véritablement parfait. Comment avec quatre enfants, est-ce possible de planifier tout cela à la perfection en seulement quelques jours ? Un beau coup de pouce de la vie, je leur répondais. Le signe que l'on devait y aller, vivre cette aventure.

À cet instant, c'est génial, je suis folle de joie.

Ce sont les yeux pleins d'étoiles que l'on repart de l'océan à la fin de cette fabuleuse journée. La prochaine fois que nous reviendrons, ce sera pour s'y installer.

Trois jours plus tard, les inscriptions scolaires sont envoyées. L'aventure va commencer dans à peine un mois.

Tout juste un mois, pour tout préparer, régler sur place, organiser notre départ, l'annoncer aux amis, famille, que l'on tente l'aventure, ce rêve si souvent évoqué, celui de partir en famille pour vivre au bord de l'océan, et pour Philippe la véritable opportunité de développer un nouveau projet professionnel, avec une opportunité pour sa carrière. Un beau défi à relever pour tous.

Autant dire que l'été n'est pas de tout repos. Un savant mélange d'excitation, de questionnements, de remises en question et de doutes. C'est une période assez mouvementée.

Voilà la fin de l'été qui arrive et le moment du départ. Les au revoir avec mes parents sont comme toujours très compliqués. C'est ce que l'on appelle chez nous l'Amour. Lorsque les liens sont si forts, il est normal de ressentir de la tristesse lors des séparations. L'Amour, oui le ciment de notre famille depuis des générations, ce qui rend les liens si précieux, si beaux et si purs. Car sans l'amour, on n'est rien, et rien n'est possible…

Pour eux, nous voir partir tous les six, leur seule famille, et pour nous la culpabilité de les laisser, ce n'est jamais facile, mais les retrouvailles n'en sont que plus belles et plus riches à chaque fois.

Nous connaissons déjà ces sentiments, nous l'avions déjà vécu, lors de notre expérience similaire en région parisienne, dix ans plus tôt. Ce n'était pas nouveau, mais c'est toujours aussi émouvant et toujours aussi dur à vivre.

Peu de mots mais de longues étreintes, des larmes et avec un semblant de sourire comme pour se dire que tout ira bien, chacun prend son petit chemin. Derniers regards et voilà le départ est là… un coucou de la main avec un bisou envolé, notre rituel dans ces moments-là.

Pour maman, je sais qu'à partir de cet instant, elle va compter les jours jusqu'à notre retour… papa n'en dit pas plus mais son cœur est si lourd, pour lui c'est l'espoir que tout se passe bien pour nous tous. Et pour nous six, un mélange de mélancolie, de tristesse, de peur de ce grand inconnu qui se profile devant nous et l'envie de partir vite pour commencer l'aventure.

Jusqu'à la date fatidique du vingt-six août 2019, où l'heure du grand départ a sonné, tout est fin prêt.

Ce départ nous l'avons planifié, organisé, rêvé et on il est bien là ce projet, bien réel… enfin.

Bagages bouclés, affaires chargées dans les voitures, nous devons laisser notre maison et dire au revoir à nos proches pour partir vivre cette grande aventure tant rêvée, tant espérée et si bien préparée, à la perfection on aurait dit, dans les moindres détails. On n'a rien laissé au hasard, on veut offrir à nos enfants une vie équilibrée et une vie remplie de projets et de rêves, pour leur prouver que dans la vie quand on veut, on s'en donne les moyens et on y arrive. Toujours comme mots clés le courage, l'envie, l'espoir et la foi.

Nous voilà au moment de fermer notre maison à clé pour minimum deux mois avant que nous ne revenions pour les vacances de Toussaint.

Je refais un dernier tour du terrain, vais ramasser quelques figues, et fais un détour par la vigne pour y déguster quelques grains de raisins, qui ne sont pas totalement mûrs, mais qui ont la saveur d'un au revoir que je me prends en pleine face.

Cette année, nous ne serons pas là pour participer aux vendanges, partager cet instant en famille, où l'on voit la machine à vendanger dans nos vignes, où chacun de nos enfants ont pu participer, en y montant avant même d'avoir fait leurs premiers pas, si fièrement avec papi pour la conduire…

Non cette année ne sonne pas comme les précédentes, on vivra ces moments par écrans interposés, par photos, par vidéos, mais pas en réel. Une pointe de nostalgie m'envahit…

Nous n'aurons pas la saveur de ces grains de raisins qui ont mûri tout l'été pour être récoltés avec la plus grande des fiertés d'ici tout juste quelques jours.

C'est le cœur lourd, que je quitte la vigne, mon olivier, mes pins parasols et ma maison, nos deux tourelles, Sosso et Sissi, que nous avons vu naître dans notre jardin deux années auparavant, et qui font partie intégrante des lieux.

Je ne peux retenir mes larmes bien longtemps même si au fond de mon cœur je sais pertinemment que je reviendrai vivre ici d'ici quelques années.

Ce n'est jamais facile de quitter ces lieux si chers à nos cœurs, porteur de toutes nos racines, de nos familles et le résultat de tant d'années de travail. Quatre ans au total pour notre maison et notre piscine, dix-huit ans professionnellement pour Philippe, et moi toute ma vie.

Afin de faciliter l'organisation, nous avons décidé que je prendrai la grande voiture que je conduis quotidiennement accompagnée de Théo, Lohan et Robin. Philippe prendra Thomas et le second véhicule.

Ce départ est une étape, où le trajet est pour moi un vrai défi. Conduire sur l'autoroute pendant plus de trois heures, j'appréhende. Cela peut paraître carrément démesuré, mais pour moi en plus dans de telles circonstances, une véritable prouesse.

C'est armée de courage que je démarre et passe la première pour débuter ce chemin vers notre nouvelle vie, notre nouvelle aventure.

Le trajet se passe relativement bien en apparence. Même Philippe trouve que je me débrouille très bien, je roule bien plus vite que ce que je m'étais fixé. Théo me copilote. Mais à l'intérieur de moi, je suis une véritable cocotte-minute prête à exploser, avec un mélange de savant cocktail de stress et d'angoisses.

Tant d'inconnus se projettent devant nous, et nous allons devoir gérer et assurer un maximum avec nos quatre enfants qui n'en mènent pas large et comptent sur nous pour commencer cette aventure dans les meilleures conditions.

Afin qu'ils acceptent de nous suivre dans cette aventure, j'avoue à certains moments leur avoir vendu un peu de rêve aussi…

J'ai mis en avant une vie au bord de l'océan, avec des cours de surf, des balades à vélo, de la voile sur le lac, du skate. Un été qui se prolongerait à l'année et un lieu de vie idéal pour les adolescents…

Maintenant, fallait faire en sorte que cela se réalise et que chacun puisse trouver sa place et s'épanouisse.

Car laisser ses amis d'enfance, d'école, à dix-sept et quatorze ans, c'est tout sauf facile. Lorsqu'on fait partie d'un groupe de copains depuis toujours, s'en aller pour reconstruire de tels liens à un lieu inconnu, c'est un vrai défi. On laisse un bout de vie d'adolescent, pour un nouveau départ où l'on ne connaît rien ni personne.

Expérience enrichissante certes, mais compliquée.

Quand le quotidien est si bien calé, pourquoi tout remettre à plat et repartir à zéro ?

Une fabuleuse expérience en famille avant que nos grands enfants ne prennent leur propre envol. Voilà une de nos motivations aussi. Profiter de cette aventure pour partager tous ensemble de merveilleux souvenirs dans un environnement que l'on adore tous, de l'entraide, du soutien, du partage, car là nous sommes tous au même point, le grand inconnu en tous points. La seule force, la seule certitude, être en famille nous six, unis comme jamais.

Nous n'allions pouvoir compter que sur nous-mêmes, et croire en notre rêve et notre bonne étoile.

Tout réinventer, tout redécouvrir, tout reconstruire, voilà ce que le panneau Lacanau annonce.

Pour s'organiser en minimisant le stress de l'arrivée, nous avons fait le choix de passer la première nuit dans un gîte, ce qui nous permettrait dès le lendemain matin de pouvoir s'installer dans notre nouvelle maison et de disposer de la journée entière pour tout emménager.

Arrivés en fin d'après-midi à Lacanau, nous décidons d'aller se reposer un peu au bord du lac en attendant de se rendre au gîte.

Belle idée, sauf qu'une fois arrivés sur la plage, je suis prise d'une terrible crise de spasmophilie comme ça faisait bien longtemps que je n'en avais pas eu. Une crise à la hauteur tout simplement de l'aventure et du stress accumulés depuis ces dernières semaines, de tous ces préparatifs qui avaient là maintenant raison de moi. Quelle horreur !

J'ai bien cru en mourir, où palpitations, vertiges, angoisses, tout y passait. Moi qui avais voulu tout gérer, j'en payais le prix fort. La pression retombait tout d'un coup et j'étais prise dans un tourbillon infernal.

Je pris tous les remèdes naturels possibles et inimaginables que j'avais dans mon sac, mais rien n'y faisait. J'étais prête à appeler les secours tellement j'avais peur.

Philippe tente de me rassurer au mieux, même si au fond de lui mon état ne l'étonnait pas. Il savait si bien qu'à un moment la cocotte-minute allait exploser, mais là, maintenant, c'était inapproprié. Mais comment choisir le moment où le corps explose ? C'est humain et surtout imprévisible sinon ça se saurait et ça serait si simple à gérer !

À ce moment me voilà prise à dire à Philippe « j'espère que maintenant tout va aller mieux et que le plus dur est passé » et le voilà très rassurant qu'il me répond « d'après moi, ça ne fait que commencer. »

Je pense qu'il ne pouvait pas me prédire pire. Moi qui avais besoin d'être rassurée, me voilà prise de panique totale, impression de perdre pied totalement. Et les enfants qui ne comprenaient pas vraiment ce qui m'arrivait, moi qui avait été jusqu'à présent assez forte pour leur dissimuler cette faiblesse de ma part. Ne jamais leur montrer que maman était anxieuse ou débordée émotionnellement, toujours être forte. C'est idiot, mais je ne voulais pas qu'ils se fassent du souci pour moi, je me devais de gérer mes angoisses et faiblesses seule. Encore une fois, je ne voulais créer de soucis ou d'inquiétudes à personne.

Alors je gérais ces états d'âme comme je pouvais, mais à quel prix, bien des soucis. D'un état intérieur de crispations telles que j'en tremblais le soir venu.

La première nuit dans le gîte est interminable. Nuit carrément blanche, pas dormi une seule minute. L'angoisse pointe son doigt sur moi. Nous avons donc passé avec Philippe une bonne partie de la nuit dans le jardin de la location, allongés sur le hamac à regarder les étoiles… Quel beau spectacle nous offre cette nuit-là, le ciel, qui est tout dégagé. Un ciel tout étoilé, où on laisse notre imagination vagabonder vers nos rêves les plus fous…

Le lendemain matin, le grand jour est bel et bien là.

Comme un signe, c'est le vingt-sept août. Jour de la St Lohan…

Nous allons enfin découvrir notre future maison.

Avant de nous rendre au rendez-vous pour l'état des lieux d'entrée, nous allons prendre un bon bol d'air marin à l'océan. Les enfants jouent au ballon, courent, et moi et Philippe sommes comme sonnés.

Grosses prises de conscience mélangées à de gros doutes. C'était tout sauf le moment.

Nos regards à tous les deux en disent longs… plein de doutes, de peurs, peur de cet inconnu, peur de l'ampleur de cet avenir qui nous attend. C'est imminent…

J'ai du mal à croire que ce rêve devienne réalité, et quelle folie, alors que tout allait bien, de tout quitter pour tout recommencer ici…

Les pieds nus dans l'eau fraîche de l'océan, nous ramène à la raison, et c'est le cœur un peu plus léger que nous nous dirigeons vers notre nouvelle habitation…

Une fois l'état des lieux d'entrée terminé, nous déposons bagages et nous approprions chacun notre espace. Lohan et Robin partagent la grande chambre, Théo et Thomas ont chacun la leur et moi et Philippe un espace bien à nous à l'étage.

La maison, toute neuve, a tout pour nous séduire et nous permettre de débuter une belle aventure dans un environnement adéquat.

La nuit se passe plus calmement. Les premiers jours ressemblent à des vacances. On passe nos journées entre les plages océanes, baignades dans le lac. L'ambiance y est encore estivale avec de nombreuses animations, jeux et plaisirs du bord de mer.

Nous profitons de ces quelques jours de vacances en famille avant la rentrée scolaire pour découvrir notre nouvel environnement.

Tout paraît si parfait et l'on ressent une immense gratitude envers ce cadeau que nous offre la vie.

Jour après jour, nous avons pris nos repères, lieu de courses, médecins, pharmacie, le nécessaire pour une famille de six personnes.

Une chose assez surprenante se passe au cinquième jour.

Alors que nous rentrions de quelques courses avec Philippe, lorsque nous arrivions à la maison, nous y attendaient deux magnifiques tourterelles. Nous avaient-elles suivis jusqu'ici ? Elles leur ressemblaient en tous points. Durant trois journées, elles tourneront autour de la maison, se posant sur les chênes autour de nous, sur la terrasse. Le mystère restera entier… Sosso et Sissi nous ont-elles suivies ou est-ce une belle coïncidence ? En tout cas, durant ce temps, nous sommes assez surpris mais aussi émerveillés de cette éventuelle beauté.

Mes parents, qui vendangeaient autour de chez nous, surveillèrent si les tourterelles étaient à notre maison, comme à leurs habitudes toujours posées sur les deux poteaux d'entrée, et effectivement elles ne s'y trouvaient pas…

Après ces trois jours, nous ne les avons plus jamais revues à Lacanau. Et au bout d'une semaine, elles referont leur apparition à Sénouillac…

Un vrai mystère, les tourelles nous auraient elles suivis pour voir où nous allions ?

Certes avant notre départ, je leur avais expliqué notre futur déménagement comme on peut le dire à un animal de compagnie.

Ce mêle au bout de cette première semaine, excitation face à tant de nouveautés mais aussi beaucoup de fatigue. J'ai souvent l'impression d'être perdue, au milieu de nulle part, aucun visage connu, aucun magasin ne correspond à mon quotidien. Lacanau est hors saison, une petite ville, éloignée de tout, où il y a le strict nécessaire pour vivre au quotidien. La commune s'étend sur dix mille hectares où résident seulement quatre mille habitants à l'année. L'été, c'est une véritable fourmilière mais l'hiver on hiberne.

Pas évident donc quand on ne connaît personne de se faire une place.

Même si je suis assez solitaire, un manque de repères me déstabilise au plus haut point mais ce que j'appréhende le plus c'est la rentrée scolaire.

Déjà que je n'ai jamais aimé les rentrées scolaires, cette année est encore plus déstabilisante. Car après avoir passé deux mois entiers de partages avec les enfants, la séparation pour une maman poule comme moi est toujours très délicate.

En plus se rajoute cette année une importante étape. La première rentrée scolaire pour notre petit Robin le jour même de ses trois ans. Quel cadeau d'anniversaire…

Cela sonne pour lui comme pour moi de la fin de notre période d'osmose totale.

Pour la première fois, il va aller en communauté, découvrir la vie hors du cocon familial. Et moi je vais me retrouver toute seule dans la maison, sans entendre sans cesse « maman » de sa toute petite voix que j'avoue j'aime tant.

Toute une organisation pour nous deux, qui n'est pas des moindres. Laisser mon tout petit, avec de véritables inconnus, dans une école inconnue et une ville inconnue.

Pour les aînés, ils avaient toujours fréquenté l'école du village, où moi-même, mon père, mon grand-père, mon arrière-grand-mère avaient été…

Cette école où tout le monde se connaissait et/ou les enfants s'étaient tous rencontrés bien souvent, dès leur plus jeune âge.

Donc là c'était le grand saut vers l'inconnu. Cette rentrée marque une sacrée étape pour tous.

Théo rentre en classe de terminale, avec l'objectif d'obtenir son baccalauréat en fin d'année. Il va devoir s'adapter à son nouvel environnement, mais pour Théo cela est rarement un souci. Sa gentillesse et son sourire si accueillant, lui permettent de s'intégrer au mieux. Le plus délicat sera au niveau scolaire, bien qu'ayant un bon niveau en classe de première, il va devoir suivre les cours, mais pas dans le même sens qu'à Albi. En effet à Bordeaux ils ont étudié certains chapitres en première que Théo devait voir en terminale et vice versa… Cela annonçait donc le double de travail personnel pour Théo afin de rattraper les cours non suivis afin de récupérer un niveau scolaire correct. C'était sans compter l'éloignement géographique avec le lycée, qui se situe à plus d'une heure de bus, matin et soir. Lacanau c'est bien oui, mais pour les études c'est éloigné de tout établissement.

Pour Thomas, il fait sa rentrée en classe de troisième. Son collège, un seul mot, splendide. Construit au milieu d'une forêt de pin, des infrastructures toutes neuves. Un environnement idéal à seulement cinq minutes de notre maison.

Un nouveau départ pour Thomas qui j'avoue jusque-là pensait plus à partager des moments conviviaux entre amis qu'à passer son temps libre à étudier. Un adolescent de quatorze ans qui cherche sa voie et qui aime bien divertir ses camarades. Doté d'une gentillesse extrême, et d'un sens de l'humour bien affirmé, voilà mon Thomas… Pas méchant, mais alors pas très discipliné…

Pour Philippe, également, le stress commence à monter. Un nouveau lieu de travail, un nouveau client, une nouvelle équipe à gérer et faire monter en compétences, et un nouveau projet aéronautique à développer. Beaucoup d'objectifs sont en jeu pour lui aussi. Mais il est à la hauteur, et l'a prouvé à maintes reprises.

Extrêmement consciencieux, sérieux, organisé, la réussite du projet lui appartient désormais.

Ce premier septembre 2019, le sommeil est si dur à trouver pour nous tous. Les larmes même coulent, signe de toute cette anxiété qui tente de s'évacuer comme elle peut.

Et moi, je prie pour que tout se passe bien pour toute ma petite famille, pour mes petits chéris, les trésors de ma vie. Mes petits amours, qui dans ces moments-là, déposent leur regard dans le mien pour y puiser de la force, du courage et surtout du réconfort.

Le deux septembre marque officiellement la fin des vacances et le début de la grande aventure. Sortir de notre cocon et découvrir ce nouveau monde.

C'est d'une voix timide et bloquée que je vais réveiller mon petit Robinou, voilà comme je le surnomme dans nos doux moments, pour lui souhaiter un bon anniversaire. Trois ans mon petit Mowgli… mon trésor qui a passé toute sa petite enfance, pieds nus, juste vêtu d'un petit boxer, été comme hiver… un vrai petit indien comme s'amuse à l'appeler toute la famille. Une telle simplicité, spontanéité et joie de vivre le caractérise, ce petit Robin qui fait la joie de toute notre famille. La petite pépite qui brille quand le soleil se cache ou que les soucis noircissent la maison.

D'un pas timide, nous préparons les affaires, les sacs scolaires avec doudou, sucette pour Robin, cahier, crayons et agenda pour Lohan.

Fort heureusement, les grands ne rentrent que deux jours plus tard. Cela permet d'échelonner la rentrée mais aussi l'organisation et l'attention accordée à chacun. Car plus que jamais chaque enfant a besoin d'écoute, de conseils, d'attention et d'organisation.

Arrivés devant le groupe scolaire de Lacanau océan, nous nous retrouvons au beau milieu d'inconnus à patienter que les portes ouvrent.

Beaucoup se connaissent, rigolent et partagent les souvenirs de leur été. L'ambiance a l'air conviviale, et la simplicité en découle. Short, claquette, lunettes de soleil, casquette, voilà la tenue appropriée, un air de vacances qui se poursuit.

Je tente bien d'afficher un sourire, pas le meilleur, mais je sens que ma gorge commence à se nouer, mon estomac fait des vrilles, et mon cœur est au bord de l'explosion dans ma poitrine. Les larmes ne sont pas loin non plus. C'est trop pour moi. Les émotions me submergent moi qui a tout tenté jusque-là pour les dissimuler. Fallait juste tenir quinze minutes et ensuite je pourrai craquer. Mais là, je ne dois pas, je dois montrer aux enfants que tout va bien, pour les rassurer et leur donner force et courage et surtout confiance en cette étape si importante.

L'heure sonne pour Lohan. Il se retourne pour nous dire au revoir, à midi, car nous le récupérerons pour manger. Il avance bien timidement puis se retourne avec les yeux pleins de larmes. Il est désemparé, et cela me renverse totalement. Mon Lolo, dans un tel état, c'est impensable. Lui qui est toujours plein d'entrain, joyeux et si sensible. Dans quelle situation l'avons-nous mis ? Je m'en veux terriblement à cet instant.

Je lui envoie un bisou de la main avec un « courage ça va aller mon chéri ».

À cet instant, Robin se trouve entre moi et Philippe et comprend alors que son tour arrive.

Moi je ne peux plus tenir, c'est impossible.

Je regarde Philippe qui bien évidemment comprend à mon expression ce qu'il se passe. Je prétexte avoir oublié mon téléphone dans la voiture pour m'éclipser une petite minute.

Une fois retournée, mes larmes coulent comme un bébé à qui on arrache son doudou ; heureusement que je porte mes lunettes de soleil car elles me permettent de cacher cette tristesse et la garder pour moi. Je laisse couler mes larmes pour mieux me ressaisir et passer à l'étape de laisser Robin en classe. Un peu de Rescue, et aller du courage, Nathalie ça va aller, c'est pour le bien de tous.

Je retourne vers Philippe qui a bien compris mon désarroi. Il me prend par le bras, comme on prend une enfant pour la réconforter. Je me sens si bête, si impuissante. Tout va à l'envers de ce que je souhaite au fond de mon cœur. Mais pourquoi m'infliger autant de souffrances ? Il suffit d'opérer un demi-tour, et de rentrer bien sagement à la maison avec Robin… C'est à ce moment-là que la maîtresse arrive pour nous accueillir.

On entre dans la classe avec les enfants. Robin a l'air assez content de découvrir de nouveaux jeux, pour lui c'est l'aire de jeux idéale, remplie de futurs copains, et papa qui joue avec lui. Il commence à jouer avec des Legos. Et quand la maîtresse, quelques minutes plus tard, nous invite à quitter la classe, le drame arrive. Robin veut qu'on reste jouer avec lui bien évidemment.

Même si on le lui avait bien expliqué, je pense qu'il n'avait pas réalisé. Il est désemparé, il nous regarde avec des yeux tellement terrifiés que ce regard là je ne l'oublierai jamais. Je lui fais un bisou, il me tient si fort qu'il m'arrache les cheveux, mon gilet pour me retenir, c'est horrible.

Je sors et le laisse tant bien que mal avec Philippe qui saura beaucoup mieux gérer la situation que moi.

Je rentre dans la voiture à toute vitesse pour m'effondrer. Le cordon avec mon tout petit vient d'être coupé, voilà ce que cette rentrée signifie pour moi. À ce moment, je vois que je ne suis pas la seule dans cet état, dans la voiture d'à côté, une maman est effondrée elle aussi d'avoir laissé sa petite puce. Nos regards se croisent, et l'on tente de se soutenir mutuellement. Les mêmes ressentis, le même désarroi. Nous nous recroiserons à midi, avec un petit sourire, je l'espère.

Philippe arriva dix minutes plus tard, et lui aussi a les yeux qui brillent. Il appréhendait aussi ce moment pour nous, car il savait haut combien cette étape serait difficile pour moi. Il propose d'aller voir l'océan pour respirer un peu. J'avoue que la seule vue de cette immensité soulage un peu ma peine.

Aujourd'hui, Philippe est là, mais demain je devrai laisser Robin seul et tenir bon pour ne pas le reprendre…

C'est son anniversaire et faut lui trouver un petit cadeau et faire un gâteau. Nous nous promenons tous les deux, le long des allées commerçantes. L'instant aurait pu être merveilleux, depuis si longtemps nous ne nous étions pas retrouvés à se balader seulement tous les deux.

Mais pour moi, mon cœur est ailleurs, à penser à mes enfants, à mon tout petit que je venais de laisser tout seul, sans repères mis à part son doudou.

À midi, nous sommes devant le portail pour les récupérer. Je croise la maman rencontrée le matin même. On échange quelques mots, elle est sympathique.

Les enfants sont ravis de nous retrouver et surtout nous raconter leur première matinée.

Lohan avoue avoir vécu un moment de grande solitude en entrant dans cette cour en voyant tous les regards de ces futurs camarades dirigés vers lui, le petit nouveau.

Mais ensuite des camarades l'ont accueilli. À dix ans, il est encore assez simple de trouver des centres d'intérêts communs et de jouer ensemble. Il repart l'après-midi, le cœur beaucoup plus léger avec plein de projets scolaires pour l'année qui lui avait été présenté le matin, notamment la pratique du surf.

Robin qui n'irait que le matin la première année, s'endort à poings fermés tellement il est épuisé de toutes ces découvertes et émotions de la matinée.

La soirée sera beaucoup plus conviviale, joyeuse et légère.

L'anniversaire de robin a été préparé et on est tous les six, donc forcément heureux.

La fin de soirée était beaucoup plus compliquée…

Le lendemain, les grands feront leur rentrée et Philippe commencera son travail.

Faut trouver les mots pour rassurer, mais aussi motiver afin de les faire avancer. C'est devant le coucher de soleil que nous nous émerveillons ce soir-là en espérant que le ciel viendra nous aider pour le lendemain.

Le matin venu, Philippe part accompagner Théo et Thomas afin de les déposer dans leurs établissements respectifs pour cette première journée

Robin et Lohan n'ont pas école puisque c'est mercredi. Une journée de repos au bord du lac pour eux, à jouer dans l'eau, à attendre que tous rentrent pour échanger sur la journée.

Thomas rentre en premier. Il est très enjoué, le collège, l'environnement, les camarades, tout lui convient. Un emploi du temps plus léger, puisqu'il est dans la classe sportive, qui libère les élèves deux après-midi par semaine pour pratiquer le sport de leur choix entre voile surf ou golf. Beaucoup de temps libre pour Thomas qu'il pourra mettre à profit j'espère pour étudier et rattraper son retard et ses lacunes.

Théo arrive bien plus tard. Il est très partagé. Les trajets lui ont pesé. Le lycée est convenable mais il se sent décalé des autres. À cet âge, pas évident de s'intégrer dans des groupes déjà bien établis, où les amitiés sont déjà bien liées.

Puis au tour de Philippe d'arriver. Il nous rejoint au bord du lac, car en septembre, c'est encore un peu l'été et les petits profitent des joies de la plage.

Pour Philippe, le ton a été donné dès le premier jour. Le responsable du projet a été plutôt direct dans ses paroles. Soit Philippe prouve que l'équipe est compétente, soit il termine la collaboration rapidement. Fallait absolument gagner la confiance du client. La pression commençait, et ce dès le premier jour.

Ce soir-là, un petit bilan s'établit. Plutôt positif mais tout de même mitigé, ce n'est qu'un début.

Le lendemain, les petits devront retourner à l'école. Très délicat pour Robin qui pleure et qui ne comprend pas pourquoi il y revient et pourquoi je ne le garde pas avec moi. Dur de trouver des avantages quand soi-même on n'a qu'une seule envie, le reprendre à la maison. Heureusement que Lohan est là, pour motiver Robin, et lui expliquer qu'ils se verront à la récréation.

Pour moi, cela marque une nouvelle étape de ma vie. Me construire seule, sans les enfants et pouvoir faire des activités pour moi, profiter de ces moments pour découvrir mon nouvel environnement.

Ce que je fais en premier, c'est de m'inscrire à un cours de yoga. Ce cours sera très loin de ce que j'espérais. La salle, la professeure, l'ambiance, tout est à l'opposé de ce que je connaissais jusqu'alors. Je ne m'y sens pas du tout à ma place et décide d'y mettre un terme dès la fin de ce premier cours.

Le week-end arrive, nous profitons d'améliorer l'aménagement de la maison. Achats de meubles, de décoration afin de se sentir vraiment chez nous.

Nous espérons également profiter de ces deux jours pour nous reposer, dormir et relâcher la pression.

Depuis dix jours, nos nuits ressemblent plutôt à un cauchemar, impossible de trouver le sommeil et lorsque celui-là vient, à une heure du matin nous voilà réveillés et insomnie jusqu'au petit matin. Nous commençons à être complètement épuisés avec Philippe. Tout à gérer, et sans sommeil réparateur, bonjour la galère…

Trop de nouveautés, d'inconnu, occupaient nos journées. Nos nuits sont bouleversées et notre rythme biologique chamboulé.

Mais nous avons suffisamment de courage et de volonté pour avancer et vivre notre rêve de vie au bord de l'océan.

Les jours passent, les enfants prennent leur rythme, le quotidien s'organise tranquillement et l'on apprécie la douceur de cet été indien.

Nos nuits ne s'arrangent pas, bien au contraire.

On tente tout pour l'améliorer… changer la disposition du lit dans la chambre, rituel calme avant le coucher, lectures, sport et balade au grand air dans la journée… rien n'y fait.

J'avoue que mes nerfs commencent à exploser intérieurement, je désespère et mes crises de spasmophilie réapparaissent.

Je prends donc rendez-vous chez une ostéopathe et cela est assez bénéfique. Je ressens immédiatement beaucoup moins de tensions physiques mais aussi mon mental s'en sent apaisé. Elle me conseille à son tour de rencontrer Julie, une masseuse, afin de me relaxer et de pouvoir souffler un peu, de prendre soin de moi.

L'équinoxe d'automne approche, et étant hypersensible aux énergies cosmiques, je pense que cela agit aussi sur nos corps déjà bien fatigués. Car faut le reconnaître, les marées à l'océan, c'est puissant, même violent. Quand on voit l'effet que cela provoque sur l'océan, on peut imaginer sur nous, qui ne sommes composés qu'en grande partie d'eau.

C'est tout juste impressionnant, énergisant mais aussi épuisant et déconcertant.

Nos corps intérieurs vibrent, tremblent, des sensations déjà connues auparavant mais jamais aussi intensément.

Pour la première fois, j'envisage que peut-être l'océan au quotidien n'est pas fait pour moi.

De notre chambre, même les volets fermés, nous entendons le bruit des vagues, alors que nous sommes à six kilomètres de la plage. Pour dire la puissance de ces grandes marées de septembre.

Marées physiques et émotionnelles. Tout mon corps est désorienté jusqu'à même mes cycles féminins qui en sont perturbés alors qu'ils étaient jusqu'à présent toujours bien rythmés.

Fort heureusement, les enfants dorment plutôt bien.

J'ai même essayé de dormir en bas afin de voir si mes nuits seraient meilleures. Ce fut pire, je crois, bien.

Mais quelle issue, on ne pouvait pas tout laisser tomber au bout seulement d'un mois, sous prétexte que l'on ne dormait pas, c'était ridicule.

J'étais à la recherche de la moindre aide, du moindre espoir pour arranger le problème.

Je décide donc de rencontrer Julie, la masseuse. Elle travaille sur l'énergétique du corps et l'apaisement du mental à l'aide de bols tibétains. Une véritable professionnelle du bien-être.

Un massage en profondeur, où diverses techniques sont appliquées, essentiellement le massage Lomi Lomi, à l'huile chaude de monoï. Un pur délice, une évasion le temps du massage vers les îles du pacifique si chères à mon cœur…

Cette rencontre fut fabuleuse, marquante et nos échanges très conviviaux.

Ce sera la première personne que je rencontre à Lacanau, où une connexion se crée dès les premiers instants. Elle me met à l'aise rapidement et je me sens en confiance. Je lui parle de mes soucis et elle travaille sur le point lié au repos et au sommeil. Elle ressent beaucoup de stress et de fatigue en moi, qu'elle délie de ses mains d'or et de son efficacité assez impressionnante.

Le premier mois touche à sa fin avec son lot de péripéties quotidiennes comme toute famille avec quatre enfants. Plus que quelques jours et nous rentrerons pour deux semaines à notre maison pour y passer les vacances de Toussaint.

Je sens bien au plus profond de moi-même, que je suis prête à craquer et vouloir faire demi-tour. La seule chose qui me persuade de tenir encore un peu, c'est la vision d'un avenir plus lumineux lorsque le quotidien sera mieux calé. Je mesure alors l'ampleur de cette expérience que j'avais peut être un peu trop idéalisée. Ce changement de vie qui provoque en chacun de nous, un véritable tsunami et une perte totale de tous repères. À ce moment-là, j'aurais bien eu besoin de recevoir un signe, qui aurait pu me guider. Je l'espérai plus que tout, mais il n'arriva pas de la façon que je l'attendais. Je pense que je n'ai seulement pas su l'entendre. Je me persuadais intérieurement que nous avions pris la bonne décision, et que l'engagement pris ne pouvait absolument pas être remis en question au bout de si peu de temps. Je préférais donc continuer malgré tout et positiver en espérant des jours meilleurs.

Je profite de mon temps libre pour faire de longues balades quotidiennes au bord de l'océan afin de me ressourcer et d'avoir les idées plus claires. Le matin, c'est magique, assister au lever de soleil sur le lac, voilà notre petit rituel avec les enfants avant de se rendre à l'école. Rares sont les fois où nous ne nous arrêtons pas cinq petites minutes pour faire un détour par la baie de Carrèyre pour y faire de superbes photos.

Tous les jours différents, tous les jours aussi magiques, le spectacle que nous offre le lever de soleil est grandiose. Embrasement de multiples couleurs, cygnes voguant sur l'eau, envolée d'oiseaux, une magie s'offre à nous pour commencer notre journée.

Une fois les enfants déposés à l'école, je fais toujours un détour par l'océan, qu'importe la météo, juste y passer devant suffit à enchanter ma journée et à me faire prendre conscience de la chance d'habiter dans un tel environnement. Un véritable moment de ressourcement pour trouver l'élan nécessaire pour aborder et poursuivre notre aventure.

Même rituel le soir, en sortant de l'école. Un détour par l'océan avant de rentrer à la maison pour faire les devoirs et les tâches ménagères. Lorsqu'il fait beau, les enfants profitent de la plage, pour se défouler, manger une crêpe, une glace tout en observant le ballet des vagues et les prouesses des surfeurs toujours aussi fascinants.

Notre vie quotidienne ressemble à celle que l'on avait avant, avec comme seul changement l'océan, le lac en toile de fond au lieu des vignes et de nos Pyrénées à l'horizon.

Peu à peu avec beaucoup de persévérance on commence à trouver nos marques, nos repères, et nos nuits commencent à être un peu plus apaisées et réparatrices. Un bonheur, de se réveiller le matin un peu reposé. L'intégration a été compliquée et a chamboulé totalement notre vie et nos nuits. Retrouver un équilibre après ces premières semaines, nous aura permis de trouver un peu plus de sérénité et de ce fait du repos.

Lacanau s'est bien, mais nos racines sont ailleurs. Les vacances arrivent, les valises prêtes, la maison rangée, nous partons pour deux semaines vers notre famille qui attend ces retrouvailles comme une véritable fête. Nous aussi d'ailleurs.

L'éloignement rend les rapports plus forts et l'envie de profiter et partager ensemble plus importants. Quand on se voit quotidiennement on ne mesure pas l'importance du manque que la séparation géographique met entre nous.

On profite donc de ces deux semaines pour voir notre famille, profiter de notre maison et pour moi de travailler dans mon atelier de bougies pour préparer les commandes pour Noël. Car la saison de Noël est une des plus importantes de l'année. Et pour faire connaître mes créations et tenter de développer ma clientèle, je me suis inscrite au marché de Noël de Lacanau. Même si à Lacanau j'ai aménagé un petit atelier, il est bien plus pratique et fonctionnel celui de Senouillac.

De retour début novembre à Lacanau, le quotidien reprend ses droits.

L'école pour tous les enfants, et leurs résultats scolaires sont plutôt positifs ainsi que les appréciations de leurs professeurs. Ils ont même réussi à se faire quelques amis.

Robin s'est fait une petite copine Julia, et l'idée de la retrouver le matin lui permet de trouver la motivation quotidienne pour retrouver le chemin de l'école.

Philippe met en place son équipe, non sans mal, la quantité de travail qui lui est demandée est toujours plus conséquente mais il gère cela très bien, et les premiers résultats sont là, à la hauteur de son implication.

Et moi dans tout cela, j'ai réussi à créer un semblant d'équilibre pour toute ma petite famille, je décide de profiter un peu pour retrouver mon équilibre, si important pour que je puisse ensuite prendre soin d'eux. J'avais besoin de sortir de cet isolement et faire des connaissances pour trouver un autre intérêt à vivre ici et à m'y sentir bien.

Je décide alors d'instaurer une dynamique dans mon quotidien, je m'inscris à des cours d'aquagym. Une bonne manière de se défouler sans se blesser. L'ambiance y est conviviale et j'en retire des bienfaits. Je me sens mieux physiquement, et j'y fais même quelques connaissances, je participe et essaye de m'intégrer.

Parallèlement, je m'inscris à un cours de Pilates. Un cours vient d'ouvrir au Moutchic juste à côté de chez moi au bord de la forêt. Je peux même m'y rendre à pied en longeant le lac.

Un lieu magique, plein de sérénité où se dégage une telle douceur, tout comme de Nathalie, la professeure. Une personne simple, sympathique et très à l'écoute des besoins et des capacités de chaque élève. Ça me change du yoga, mais le travail effectué lors de ces cours de Pilates est un travail plus en profondeur, mais tout en douceur. La méditation qu'elle propose en fin de cours a pour effet de me transporter ailleurs. Sa voix est si douce qu'à chaque fois j'arrive à visualiser de véritables havres de paix.

De beaux échanges, de merveilleux moments de partage. Où à deux reprises, par faute de manque de participantes, nous nous retrouvons toutes les deux, ce qui nous permet déjà de faire plus ample connaissance puis de découvrir de nombreux points communs entre nous.

On passe cette heure à discuter, à échanger et à parler beaucoup de spiritualité. Échanges riches et toujours très constructifs. Nathalie devient au fil du temps une amie.

Une petite routine se met en place pour moi aussi. Le temps passe vite et je m'organise mieux dans ce nouvel environnement.

Je fais la connaissance de quelques mamans de l'école, et l'on se retrouve même certains mercredis au bord du lac avec nos enfants pour partager quelques bons moments ensemble.

Je tisse quelques liens et ça me fait du bien. Je me sens moins isolée, et des partages se créent. Cela n'empêche pas la grisaille hivernale d'arriver, et de nous obliger à passer beaucoup plus de temps à l'intérieur, avec les sorties beaucoup plus rares et la baisse de moral qui va avec.

Je mets à profit ces moments où je suis moins sollicitée par les activités des enfants, pour reprendre mon métier et préparer les bougies pour mes futures commandes de Noël.

Mon atelier est assez petit mais plutôt bien aménagé et assez fonctionnel. Il me permet de poursuivre l'activité des bougies sculptées et développer celle des bougies parfumées.

Le mois de décembre arrive avec toutes les festivités à l'approche de Noël. Des repas à envisager, aux cadeaux à préparer, le moral revient rapidement.

On va même au marché de Noël de Bordeaux. Une occasion de découvrir cette belle ville parée de ces plus belles décorations pour la fin d'année. Malgré tout cela, la magie de Noël n'y est pas vraiment. On est assez déçus, il n'y a même pas de sapin de Noël, et les produits vendus sont essentiellement importés et à des prix exorbitants.

On est bien loin de la magie de Noël des petits marchés que je faisais dans la région toulousaine avec mes bougies sculptées.

Je positive et souhaite tout de même persévérer et participer tout de même à celui de Lacanau, ce qui me permet de faire connaître mon activité ainsi que l'existence de mon atelier. Tout cela en vue de participer aux journées d'ouverture des ateliers d'artisans prévues l'été suivant, auquel je prévois de m'inscrire. Je fais la rencontre d'autres artisans, et ça me permet d'intégrer une nouvelle dynamique professionnelle. De nouveaux projets, de futures collaborations à mettre en place. Car ici, faut que je me renouvelle, et que je recommence la prospection depuis le début. Tout est à faire, à mettre en place, avant la saison estivale. Car à Lacanau, j'ai l'opportunité de participer à de nombreux marchés nocturnes et donc de développer mes ventes sur des produits phares de l'été, dont les bougies parfumées et notamment celles à la citronnelle.

Au niveau scolaire, Théo rencontre quelques difficultés liées aux différences de programmes avancés dans son nouvel établissement.

Thomas fait revenir au galop son manque d'implication, de travail et de comportement non adapté à ce qui nous vaut de passer devant un conseil de discipline.

Quelle étape à franchir pour des parents ! Une véritable épreuve très éprouvante.

Nous voilà tous les trois face à un conseil représenté par quinze personnes, composé de professeurs, proviseur, conseiller d'éducation et parents délégués. Deux longues heures de véritable horreur où chacun à son tour expose les faits et dénigre notre fils au plus haut point.

Au moment de prendre la parole pour défendre les intérêts de Thomas, j'ai bien cru m'évanouir. Pour une maman, c'est très dur d'entendre des étrangers se défouler négativement sur son enfant.

Mon cœur fait un tel boom intérieur que tout mon corps se met à trembler.

Au tour de Philippe d'exposer notre situation en expliquant notre déménagement soudain et la difficulté d'intégration pour Thomas.

La sentence tombe brutalement. Exclusion définitive de l'établissement avec sursis.

Un seul écart de Thomas et il se retrouve hors du collège. Mais quelle galère, il faut encore que Thomas se distingue. À cet instant, j'ai vraiment cru toucher le fond et devenir folle.

Les vacances de Noël arrivent, on va pouvoir souffler et décompresser de ce premier trimestre qui avait été si dur, si éprouvant pour chacun de nous.

Le premier trimestre passé, faut déjà choisir les orientations pour les grands pour l'année scolaire future.

Un post bac pour Théo avec parcours supérieur et une orientation de seconde pour Thomas avec une voie soit générale soit professionnelle en fonction de ses résultats scolaires.

À peine installés faut déjà se projeter pour quelques mois plus tard.

Janvier sonne le début de la nouvelle année 2020, pleine de nouveaux projets, d'espoir et de rêves à réaliser.

Pour Théo le baccalauréat, pour Thomas le brevet. Pour Philippe, la fin de la première étape de son projet, la partie développement du projet.

Et pour moi l'objectif de réussir à m'intégrer et trouver un nouveau créneau de commercialisation pour mes bougies, dans les campings avec des bougies parfumées à la citronnelle.

Nous reprenons notre quotidien canaulais. Nous y découvrons de véritables trésors lors de nos balades à pied le long du lac.

Les mimosas commencent à fleurir et les paysages se recouvrent d'or. Ce jaune illumine les sous-bois, et donne une ambiance féerique. Le parfum embaume et met tous nos sens en éveil. Nous apprécions le lieu de plus en plus et nous projetons même de prolonger notre mission professionnelle sur le temps.

Nous visitons quelques maisons en vue d'acheter un pied à terre pour ensuite y passer nos futures vacances lorsque la mission sera terminée.

Mais nous sommes vite surpris par les prix pratiqués dans l'immobilier dans cette région. Pour acquérir un bien, il faut prévoir plus du double voire le triple de ce qui se pratique dans notre région d'origine. Pour nous, c'est du grand n'importe quoi. Certes, le lieu est paisible, agréable mais tout de même, vendre à des prix d'or un bout de terrain, ou une maison exiguë, c'est véritablement démesuré.

Nous décidons donc d'abandonner ce projet, et de rester locataires de la maison où nous habitons au bord du lac. Nous mettons l'idée à plus tard, si l'occasion se représente. Sage décision.

Nous profitons donc d'un mois de janvier doux qui nous permet de visiter un peu la région. Nous passons de belles journées en famille sur le bassin d'Arcachon, au cap Ferret. Le lieu est si calme et ressourçant en plein hiver. Dégustation d'huîtres au petit village ostréicole coloré de pêcheurs de l'Herbe. Balades à la pointe du cap Ferret avec vue en première ligne sur la dune du Pilat. Toutes nos journées passées là-bas sont très joyeuses et source d'émerveillement.

On est en plein rêve, vivre dans cette région nous enchante de plus en plus, les lieux sont splendides.

Le seul point négatif au bout de ces six mois est notre intégration sociale. Des connaissances nous en faisons, mais pas de véritables amitiés ne sont créées. Mis à part Nathalie des cours de Pilates, Julie la masseuse et Dorothée la maman de la petite Julia, copine de Robin, plus rien.

Les gens sont assez fermés, et puis entre les résidences secondaires habitées uniquement à la haute saison, et les locaux saisonniers de la station qui désertent Lacanau l'hiver, pour des destinations plus exotiques, ce n'est pas évident. De plus, on ressent bien que les amitiés sont bien souvent liées à la base, au business que les locaux réalisent avec le tourisme estival. Et nous de ce côté-là, nous sommes totalement étrangers. Philippe travaille à Mérignac, et moi je m'occupe en grande partie de ma petite famille. Même l'intégration de mes bougies est relativement complexe. C'est assez fermé, et mes propositions de collaborations sont vite écartées.

Pour les enfants non plus, ce n'est pas évident. Robin trouve une petite amoureuse Julia. Ils partagent les joies d'habiter au bord de l'eau, entre balades à vélo le long du lac et goûter crêpes à la maison.

Lohan s'est fait de bons copains. Ils partagent de belles parties de jeux vidéo et des balades à vélo au bord de l'océan.

Thomas lui a trouvé une petite amie. Cela à l'avantage de le calmer, et même ses professeurs ont noté une amélioration dans son comportement.

Théo est en pleine réflexion sur son orientation post bac. On enchaîne donc les visites des divers établissements pour postuler et faire des vœux d'orientation. Toutes ces démarches prennent beaucoup de temps à Philippe qui s'en charge le week-end de l'accompagner sur les divers salons étudiants à Bordeaux.

Autant dire que les emplois du temps de tous sont bien chargés.

Au niveau professionnel, Philippe a réussi à atteindre ces objectifs et les a même dépassés. D'une équipe composée de quatre personnes au départ en septembre, il arrive à quinze personnes en février. Une évolution due à son travail acharné, et à son implication qui est à son maximum.

Des journées de travail interminables, et des responsabilités toujours plus importantes.

C'est un véritable engrenage, où le stress et la pression sont son quotidien pour mener à bien son projet et développer l'activité.

Je commence même à m'en inquiéter. À plusieurs reprises, je le lui dis « pour moi à ce rythme, tu ne tiendras pas longtemps ».

Trop de pression de tous côtés, client, société, équipe… Sa polyvalence a des limites. De plus, son sommeil n'est pas réparateur, beaucoup d'insomnies liées aussi à de nombreux déplacements professionnels.

Petit à petit, je vois Philippe s'épuiser et son visage devient plus terne. Il est épuisé mais ne se l'avoue pas. Et si je lui confie mes craintes, il a tellement « la tête dans le guidon » qu'il ne me donne pas raison. Pour lui, il est impossible de gérer autrement son projet et donc il doit se surpasser. Il me dit qu'à partir du printemps ça ira mieux, que la charge de travail commencera à diminuer, et que le plus dur sera passé une fois tout mis en place pour le bon déroulement de son projet, équipe en place et rythme de croisière.

Il faut avoir le chaos en soi-même pour accoucher d'une étoile qui danse.

Frédéric Nietzsche

Voilà le mois de février qui touche à sa fin.

Nous rentrons donc pour une semaine à notre maison passer les vacances de février.

Le planning est plutôt très chargé. Pas vraiment, des vacances reposantes s'offrent à nous.

De mon côté, je dois préparer deux séries de bougies pour les mariages prévus au printemps.

Je passe donc le début des vacances dans mon atelier à créer les bougies qui deviendront la décoration essentielle pour les tables de réception. Aux couleurs, thèmes du mariage, pour être en harmonie totale. Je me régale, ces journées sont intenses, mais de véritables joyaux en découlent. Créer pour participer au bonheur, au meilleur jour d'un couple, j'adore mettre mon talent au service du bonheur des autres.

La semaine est déjà bien entamée et le repos sera repoussé. La fatigue s'accumule à force, mais le courage nous permet de faire face.

Jusqu'au moment où je pense, nous atteignons un trop plein.

Le mardi, en pleine nuit, Philippe me réveille, il ne se sent pas bien du tout.

Au début, je me réveille surprise et ne comprends pas bien la situation. Il s'assoit sur le bord du lit en me disant qu'il n'arrive pas à respirer correctement, qu'il ressent un poids énorme en pleine poitrine.

J'essaye de le rassurer, pensant qu'il est en train de faire une énorme crise d'angoisse, suite à un mauvais rêve, chose qui est vraie.

Mais je vois bien rapidement que c'est bien plus que cela. Il me décrit avoir mal partout subitement et sentir le sang pulser dans toutes ses veines. À cet instant, je comprends que quelque chose d'anormal se passe.

Je me remplis à mon tour d'angoisses et saisis mon téléphone pour appeler les secours. Le Samu me répond, me questionne et me précise qu'il nous envoie les pompiers le plus rapidement possible.

En attendant les secours, nous nous installons au salon, où je fais respirer Philippe calmement, tente de le rassurer et prie de toutes mes forces pour qu'ils arrivent au plus vite.

Dès leur arrivée, la crise avait doucement cédé d'elle-même. Ils lui font les premiers examens (prise de tension artérielle, auscultation du cœur…) et décident de le transférer aux services des urgences de l'hôpital d'Albi pour faire des examens complémentaires.

Même si cette décision nous rassure, elle n'en est pas moins angoissante.

De plus, je ne peux même pas l'accompagner car Théo et Thomas sont partis au ski quelques jours avec mes parents et nous sommes seuls avec Lohan et Robin à la maison, et il est hors de question que je les laisse seuls en pleine nuit, et je n'ai personne pour le faire garder à deux heures du matin.

Philippe part donc avec les pompiers et moi je reste seule avec ma peur au ventre en pleine nuit.

Les pompiers me rassurent en me disant qu'ils me donneront des nouvelles d'ici deux heures le temps d'avoir les premiers résultats.

Deux longues heures, interminables, où je passe mon temps à ne faire qu'une seule chose, allumer des bougies et réciter toutes les prières, chapelets que je connais. Pourvu que Dieu protège mon Philippe, mon pilier, car sans lui je ne suis rien.

J'aurais tant voulu être à ses côtés à cet instant, pourquoi les grands n'étaient-ils pas là, un coup du sort, eux qui sont en permanence avec nous !

Vers quatre heures du matin, Philippe m'envoie un message. Tout va bien a priori. Les examens biologiques vont bien et la tension également. Ils ont écarté l'angine de poitrine et l'AVC.

Ils souhaitent le garder en observation le reste de la nuit et pratiquer une épreuve d'effort le lendemain matin.

Me voilà plutôt rassurée. Il va bien, et j'irai le récupérer demain en fin de matinée.

Le matin, il pratique l'épreuve d'effort qui selon la cardiologue les résultats sont parfaits, « un cœur de jeune homme ! » lui dit-elle.

Le diagnostic va donc plutôt vers un reflux gastrique, qui sera pris en charge par un traitement adapté.

Nous rentrons rassurés et continuons nos occupations. Nous avons eu une belle frayeur, et Philippe décide de diminuer la cigarette à présent. Du moins essayer.

Les grands rentrent du ski le lendemain, car il n'y a pas suffisamment de neige. Ils préfèrent donc profiter de leurs vacances pour revoir leurs amis d'enfance.

Le jeudi, vers cinq heures du matin, Philippe me réveille. Les mêmes symptômes recommencent.

Oppression thoracique, manque d'air, douleurs diffuses, nausées. Il se lève. J'appelle le Samu pour avoir leurs conseils, ils regardent le dossier médical et me disent qu'ils vont me rappeler.

Philippe va mal, très mal même. Pris de violentes sueurs froides, nausées et vertiges. Il oscille dans le couloir, on dirait qu'il va s'évanouir.

Et là, je comprends qu'il y a urgence.

Je monte réveiller Théo et lui dis que nous partons aux urgences car papa ne va pas bien du tout.

Théo me suit et voit Philippe devant la porte d'entrée en sueur, blanc et flageolant.

Nous partons en voiture, et heureusement que c'est la nuit. Je conduis à toute vitesse, et en seulement quinze minutes nous arrivons aux urgences.

Le trajet est bien long, on ouvre les fenêtres, il manque terriblement d'air, il veut que je m'arrête pour qu'il puisse marcher, mais je poursuis la route à toute allure.

Arrivés sur le perron des urgences, mon téléphone sonne, c'est le Samu qui me rappelle pour connaître l'état de Philippe… Vingt minutes plus tard ! Fort heureusement, nous n'avons pas attendu le rappel et avons devancé le départ aux urgences.

Philippe sort tant bien que mal de la voiture avec une douleur insupportable au thorax. Il est pris en charge immédiatement par les infirmières. On me dit de patienter dans la salle d'attente et qu'on viendrait me tenir informé rapidement.

Vingt longues minutes d'attente, sans savoir. Pour moi, il s'agit d'une énorme crise gastrique comme on nous avait indiqué la veille. Je ne suis donc pas si inquiète…

Et puis une infirmière vient me chercher.

Philippe est allongé et me regarde, avec un regard grave, mais un léger sourire forcé.

Il est branché de partout, et me devance en me disant « ça va aller ».

Je ne comprends pas la situation. La veille, on me disait que c'était un reflux gastrique, et là, la situation avait l'air dramatique.

Le diagnostic tombe, comme une voix venue d'ailleurs, l'infirmière me dit « votre mari est en train de faire un infarctus ».

Comme assommée, voilà la sensation. Je commence à pleurer, à me sentir complètement renversée, prête à m'évanouir. Je ne comprends plus, c'est un véritable cauchemar, faut que je me réveille tout de suite.

L'infirmière me demande de me ressaisir immédiatement, que mon mari n'a vraiment pas besoin de plus d'émotions et que je dois être forte pour lui. Non mais elle plaisante là… comment me ressaisir alors que tout me tombe en pleine figure, que le diagnostic vital est engagé, et que je suis si démunie face à la situation, face à notre famille, face à moi-même, seule, au milieu de tout ce personnel médical qui s'affole autour de Philippe, qui reste calme et essaye de m'envoyer du courage de par ses yeux.

À ce moment, je ne vois rien de mieux que de poser l'unique question qui m'a toujours obsédée « mais son cœur peut-il s'arrêter ? ». Le médecin ne me cache pas les risques qui sont bien là, mais m'explique le processus. Ils vont transférer Philippe vers la clinique qui dispose d'un service de cardiologie adaptée à son infarctus, afin qu'un cardiologue puisse le prendre en charge le plus rapidement. Chaque minute compte et faut aller très vite. On lui administre des calmants pour limiter sa douleur, et le voilà parti avec le Samu. On me demande de le suivre avec mon propre véhicule jusqu'à la clinique qui se trouve à cinq kilomètres.

Je vois partir le Samu et rentre dans ma voiture pour le suivre. Ce sont les jambes littéralement coupées, le souffle court et l'angoisse à la limite de l'explosion que je le suis à toute vitesse. Les cinq longues minutes du trajet, je les passe à hurler de toutes mes forces, c'est horrible. Ce que j'avais redouté pour moi depuis tant d'années arrivait aujourd'hui à Philippe. Quelle horreur comment cela pouvait-il être possible, à lui ? mais pourquoi ? mais comment avaient-ils pu la veille faire une aussi grosse erreur de diagnostic ?

Je commence à implorer tous les anges, mes guides, nos proches disparus, pour qu'ils ne me prennent pas mon Philippe, pour l'aider à se battre et le sauver. Un film entier défile devant mes yeux durant ce trajet.

Arrivés devant la clinique, je rejoins l'ambulance au pas de course, et Philippe me regarde avec un doux sourire, et me dit qu'il est soulagé, que la morphine a fait effet sur ces douleurs.

Juste le temps d'y faire un petit bisou sur le front et lui chuchoter un « je t'aime », qu'ils le transportent tout de suite en salle de coronarographie où fort heureusement un cardiologue de garde a été prévenu de son arrivée.

On dirait bien que ce matin-là, son ange gardien était à ses côtés. Il aurait suffi qu'un accident soit arrivé au même moment et le cardiologue n'aurait pas pu intervenir en urgence.

Ils me demandent de patienter dans le couloir. Ce couloir si froid, si impersonnel, où je frissonne de peur et de solitude. Je fais les cent pas, en espérant, en priant. Quand c'est insupportable pour moi, je m'assois par terre et téléphone à mes parents. Il est six heures du matin, pile une heure après le début de la crise. En pleurs, je n'arrive plus à m'exprimer. Maman ne comprend pas ce que je dis, mais a de suite le sentiment que la situation est grave. Mon père décide de me rejoindre le plus rapidement possible pour me soutenir et être à mes côtés pour m'aider et surtout m'épauler. Ils considèrent Philippe comme leur propre fils, et cet appel a dû provoquer en eux une véritable tourmente.

Au bout de trente minutes, le cardiologue qui avait pris en charge Philippe vient me voir. Je suis par terre, en larmes, complètement désemparée.

Il me rassure sur l'état de Philippe, m'explique l'intervention qu'il a pratiquée, et les suites des soins qu'ils vont réaliser. Et il termine par une phrase que je n'oublierai jamais de ma vie « vous savez madame, vous l'avez sauvé à votre mari. Dans son cas, nous avons quatre-vingt-dix minutes pour sauver le cœur. Nous sommes intervenus à soixante-cinq minutes. Vous auriez attendu les secours, il aurait été trop tard ».

Il s'est passé exactement soixante-cinq minutes entre le début de la crise et la pose du stent, ça ne pouvait pas aller plus vite. Ce jour-là, nous avons été guidés et Philippe a été sauvé. Le pire est derrière nous. Merci la vie, merci nos anges gardiens, merci mon Dieu.

À cet instant, je me mets à pleurer de toutes ses forces, un mélange de soulagement, d'angoisse, où je pense, je réalise la gravité de la situation qui nous est passée à côté.

À ce moment, mon père arrive, et je vois dans ses yeux son désarroi. Il me serre dans ses bras, comme on prend une petite fille, je m'y abandonne pour y chercher du réconfort comme lorsque j'étais enfant.

L'infirmière arrive pour venir me chercher pour me proposer d'aller voir Philippe en chambre de réanimation. Quel cauchemar !

Je traverse ce couloir, où des machines sont disposées tout le long, des réanimateurs, des bouteilles d'oxygène, des chambres vitrées qui permettent aux équipes soignantes de surveiller l'état des patients.

Je rentre dans cette chambre, et Philippe est allongé. La situation est bien différente de ce que j'aurais pensé. Je m'étais préparé au pire. Le voir dans le coma, branché de partout, et moi veillant à la moindre amélioration.

Il en est tout autre, à ma grande surprise. Il est allongé, me souriant et n'est pas si branché que j'aurais pensé. Pas d'oxygène non plus. Juste un appareil qui surveille sa tension artérielle, des électrodes sur son torse qui surveillent ses battements cardiaques.

Il me parle tout de suite, il est soulagé. Il est sauvé mon chéri !

On se retrouve tous les deux, comme deux enfants qui viennent de traverser la mer à la nage, dans cette chambre de réanimation si froide, si anxiogène.

Mais la vie est là, et c'est le plus important. On est là tous les deux, et je réalise l'énorme chance que l'on a. Je lui prends la main tendrement et remercie la vie de l'avoir sauvé. Je crois bien qu'en vingt-cinq ans de vie commune, je n'ai jamais ressenti autant de désespoir et d'espoir en même temps. Une sensation indescriptible, incommensurable.

Ce jour-là, tout aurait pu basculer, tout s'arrêter, mais le destin en a décidé autrement.

Une seconde chance de vie, pour nous deux, pour notre famille, nos enfants. Merci la vie.

En fin de matinée, je rentre à la maison le cœur lourd, tant la tâche que j'allais devoir réaliser serait lourde. L'annoncer aux enfants. Mais comment allais-je m'y prendre, comment trouver les mots, alors que moi-même je suis terrassée.

Philippe va mieux, mais les prochaines quarante-huit heures seront décisives.

Lorsque j'entre dans la maison, Théo est au courant. Il m'enlace et à cet instant je craque littéralement. Mon fils échange les rôles, et est là pour me rassurer, pour me soutenir et me guider. Mon Théo est si fort à cet instant, il comprend la gravité de la situation, et en tant qu'aîné, il endosse son rôle à la perfection. Soutenir sa maman, et épauler ses frères.

Thomas est sous le plus grand des chocs, et les petits ne comprennent pas grand-chose à la situation.

Mes parents sont là également, et tentent de rassurer et d'épauler du mieux que possible. Ils ont pris les deux petits chez eux, afin de les divertir et de leur éviter de vivre un traumatisme. On les rassure en leur disant que papa a eu un souci à son cœur mais que maintenant tout allait bien et qu'il rentrerait bientôt à la maison. Qu'ils aillent jouer chez Mamie pendant quelques jours et que maman viendra manger tous les jours avec eux.

Je reste donc avec Théo et Thomas pour la journée à la maison. Elle est remplie d'appels au service de réanimation régulièrement afin de prendre des nouvelles et connaître l'évolution de l'état de Philippe. Il est stable.

En pleine crise de nerfs, la sonnette retentit. C'est ma Momo qui vient à notre secours. Elle est présente pour m'épauler, me guider et me soutenir au mieux. Avant de repartir elle me laisse une boîte de calmant, en me conseille d'en prendre le soir afin de m'apaiser et calmer mes angoisses pour que je puisse au moins me reposer.

En fin de journée, je vais rendre visite à Philippe accompagnée de Théo. Les visites sont autorisées aux mineurs de plus de seize ans pour seulement une heure.

Fallait du repos à Philippe, beaucoup de repos. Ces résultats sanguins, électrocardiogrammes, sont stables, donc encourageants. Je tente de le rassurer du mieux que possible, et de lui cacher mes terribles peurs pour ne pas l'affoler inutilement.

Nous repartons de la chambre vers vingt heures avec Théo, pour nous rendre aux services des urgences. Je suis prise de terribles tremblements sur tout mon côté droit et ne sens plus du tout ma jambe. Après consultation, le diagnostic est certain, je suis en état de choc psychologique. Normal après une telle journée si éprouvante.

Le médecin me rassure et me conseille de prendre le décontractant que Momo m'a laissé le matin même. Et me demande de repasser le lendemain pour lui donner de mes nouvelles.

Heureusement que Théo est avec moi, ce soir-là. Je crois que j'aurai explosé.

De retour à la maison, Théo trouve les mots pour m'aider, me calmer. On passe la soirée tous les deux à regarder un film, côte à côte, comme pour se rassurer mutuellement.

À plusieurs reprises, j'appelle la clinique pour avoir des nouvelles.

Philippe restera trois jours en réanimation et quatre jours en cardiologie. Il récupère petit à petit. Les examens sont bons mais faut maintenant passer à l'étape suivante. Philippe réalise la gravité de la situation, et c'est très dur pour lui, de s'avouer qu'il était à bout de souffle et que son corps le lui avait démontré. Il doit immédiatement arrêter de fumer et stopper tout stress. Il avait été pris dans un véritable engrenage avec le déménagement, le nouveau projet et le quotidien. La pauvre tout cela lui volait en pleine face à ses dépens…

Afin de lui assurer un repos optimum et une récupération cardiaque, faut trouver un centre de repos pour qu'il y passe 3 semaines.

Je fais le choix du centre situé au Cap Ferret, à seulement 30 kilomètres de Lacanau. Car nous devons repartir impérativement pour la scolarité des enfants. Une vision d'avenir véritablement terrorisante pour moi. Devoir rentrer à Lacanau seule avec les enfants, devoir gérer le quotidien loin de toute notre famille, et avoir Philippe éloigné dans un centre, organiser les visites pour être à ses côtés le plus souvent possible tout en étant disponible pour les petits.

Mais ce centre a l'air vraiment bien adapté, dans un environnement idéal entre forêt et plages océanes. Il pourrait récupérer de manière optimale, où il bénéficierait d'un suivi de professionnels nuit et jour afin de mettre toutes les chances de son côté pour retrouver une forme physique. Côté psychologique, c'est compliqué, mais nous le soutiendrons au maximum, c'est pour cela que l'on souhaite un centre proche, pour que je puisse m'y rendre quotidiennement. Nous n'avons jamais été séparés plus de trois nuits en vingt-cinq ans, alors inimaginable d'être séparés plus de quelques jours. Je prévois même d'y rester avec lui les nuits le week-end. Théo s'est proposé pour surveiller ses frères durant ce temps. Toute une organisation se met en place pour tenter de reprendre un semblant de vie normale.

Jamais de ma vie je n'avais été confronté à devoir envisager autant d'incertitudes, et surtout seule.

Partir à Lacanau, seule en voiture avec les enfants. Philippe en ambulance jusqu'au centre… un scénario improbable dans ma tête.

Mais le programme change quelque peu. Par manque de places, son séjour est décalé. Il devra passer trois semaines de repos chez nous et ensuite aller au centre pour trois semaines. Il devra y faire son entrée, le lendemain de Pâques.

Mais toute cette organisation bascule en une seule journée.

Ce mercredi quinze mars 2020, où l'on annonce aux informations, un confinement total de toute la population, suite à la crise sanitaire du COVID-19.

Au vu du nombre des contaminations, et de la gravité de l'épidémie, l'État met en place un confinement total. Interdiction de sortir de chez soi à plus d'un kilomètre, sinon muni d'une attestation pour effectuer les achats de première nécessité. Fermeture des établissements scolaires, cours assurés en distanciels, magasins non essentiels fermés, tout le pays à l'arrêt.

Une situation inédite, catastrophique, qui plonge, le pays, le monde entier dans une panique totale. Une crise sanitaire sans précédent, où nous sommes tous confinés à domicile pour minimum un mois.

Tous les centres hospitaliers, centres de rééducations sont réquisitionnés pour accueillir les urgences vitales et les malades du Covid.

Le séjour de réadaptation cardiaque où Philippe doit être accueilli reporte son séjour lorsque le centre pourra à nouveau réouvrir.

En un instant, tous nos plans changent.

Plus d'obligations de retourner à Lacanau puisque les établissements scolaires sont fermés.

Séjour au centre de réadaptation reporté pour minimum un mois, et de plus les déplacements entre régions sont interdits sauf motifs impérieux.

Nous prenons donc la décision commune, comme une évidence de rester dans notre maison à Sénouillac. Entourés de nos familles, des médecins, du service de cardiologie qui assurera le suivi de Philippe.

Cette décision est en fin de compte un soulagement pour nous tous.

Nous allons rester ici, et nous reposer dans notre maison, dans notre environnement au calme, puisque nous n'avons plus d'impératifs ailleurs.

À la sortie de la clinique, les enfants vont chez mes parents pendant deux semaines afin d'assurer le plus grand calme à Philippe, pour lui permettre de récupérer au mieux. Vu que le séjour au centre est décalé, nous décidons de faire la rééducation à la maison. Pour cela, on met en place tout ce dont il est possible pour optimiser les chances de rééducation. Le calme en est la clé, le repos, une meilleure hygiène de vie, passant par l'alimentation équilibrée sans sucre, sans sel, et de l'exercice physique progressif.

J'amène à Philippe les enfants les après-midi à tour de rôle. Cela leur permet de partager de bons moments, ce qui donne à Philippe du courage et de l'Amour, beaucoup d'amour. Quand on est malade, l'amour est essentiel.

Les premiers jours sont assez angoissants, avec le Covid, il n'est pas évident de se déplacer sauf pour raisons médicales ou vitales.

À partir de ce moment, on réinvente notre quotidien totalement.

Un peu de marche le matin, des repas très équilibrés et du repos.

Tout compte fait, avec ce Covid, tout le monde est à l'arrêt, au même point, au repos total ; Toutes les entreprises sont fermées, les salariés au chômage partiel. De ce fait, Philippe n'a plus de suivi du projet à effectuer, et peut désormais totalement lâcher prise sur son métier, et ses obligations professionnelles.

Une période très bénéfique pour sa rééducation, une période bénie.

Car sans cette crise, même en congés maladie, Philippe ne se serait jamais autorisé à stopper totalement ses activités et ses responsabilités. Il n'aurait pas réussi à se couper de tout ce stress, aurait sans cesse répondu à un mail, un appel téléphonique important. Et n'aurait pas réussi à se reposer suffisamment.

Sans toutes ces obligations, son quotidien est calme et son environnement serein. Il s'autorise à lâcher prise et à se consacrer uniquement à l'amélioration de son état de santé et son bien-être.

Petit à petit, nos marches quotidiennes se prolongent et lui permettent de faire de l'exercice physique pour remuscler son cœur.

Je me consacre durant cette période totalement à Philippe. Présente en permanence à ses côtés, cela lui permet de pouvoir discuter de ses ressentis, ces peurs, ces doutes. On traverse cette épreuve ensemble à cent pour cent. C'est cela la définition du couple pour nous, toujours être présent l'un pour l'autre et se soutenir en permanence pour traverser les difficultés que la vie pose sur nos chemins. Vivre et partager tous les moments, les meilleurs comme les pires, avec toujours beaucoup d'amour et de sollicitude. Ensemble, on est plus forts, on va plus loin, et les peurs et doutes s'effacent un peu.

Les enfants essayent de suivre les cours à distance mais c'est très compliqué vu la connexion internet que nous avons dans notre campagne.

Les petits eux, vivent la période comme des vacances prolongées, où maman fait l'école à la maison, autour de jeux, de moments de partages, autour de loisirs créatifs et d'expériences éducatives. C'est très enrichissant et ludique, de beaux souvenirs en construction.

On profite de passer de merveilleux moments en famille, de prendre le temps de vivre, de discuter, de bâtir des projets ensemble. Une vie simple à la campagne en famille. Nous avons l'essentiel et cette période inédite est pour nous six assez magique.

On sait qu'il faut en profiter à fond car cela sera certainement une période unique dans nos vies. Tous les six à la maison, sans contraintes, sans horaires imposés, sans rendez-vous, c'est extraordinaire. Arrêter de courir dans tous les sens, comme une course contre la montre pour finir au bout de la journée, exténués à avoir voulu tout gérer, orchestrer comme de véritables machines.

Les enfants sont épanouis et partagent tous les quatre de fabuleux moments. Ils ont des projets communs. Font de longues balades en VTT, et projettent de créer un petit terrain de cross dans les bois.

Philippe se porte bien, est reposé comme jamais, et plein de vitalité.

Notre changement d'hygiène de vie nous permet de retrouver la forme, en passant par une perte de poids conséquente de plus de dix kilos chacun. Plus légers, plus dynamiques et bien plus sereins.

Sans cette période, nous n'aurions jamais repris une telle hygiène de vie.

On redécouvre notre village et ses alentours. Les restrictions sanitaires nous imposent de ne pas dépasser le kilomètre autour du domicile. C'est une expérience incroyable. À chaque sortie, faut remplir une attestation, comme un laissez-passer…

On prend conscience que l'on a de véritables joyaux autour de chez nous, et lorsque nous sommes pris dans le tourbillon de la vie quotidienne nous ne prenons pas le temps pour observer, découvrir notre environnement.

On apprend à vivre simplement, à se contenter de petits plaisirs quotidiens qui nous apportent le plus grand bonheur. Cette simplicité est pour nous la base d'une vie équilibrée et épanouie.

Plus rien à prouver, à devoir faire, à exécuter, juste écouter la vie autour de nous et profiter du moment présent.

Cette crise sanitaire nous éloigne de nos proches tout de même. Les visites familiales sont bien rares car chacun tente de se protéger et de protéger son entourage au mieux. Philippe est désormais une personne à risque et cela oblige chacun à être très prudent pour ne pas contaminer Philippe du Covid.

La situation devient compliquée pour nos aînés. En effet, ma grand-mère Reine a été placée en maison de retraite fin février, juste avant le début de la crise. Nous ne pouvons même pas lui rendre une seule visite. Les maisons de retraite sont fermées à tout public, tout cela dans un souci de protéger nos aînés de cette épidémie. Mamie est, bien souvent, isolée dans sa chambre. Quelle triste réalité pour elle, qui a toujours été très sociable ! Se retrouver dans une chambre, seule, avec comme seules visites, le personnel soignant. Cela durant deux longs mois, où la seule façon d'avoir de ses nouvelles est par téléphone. Une situation presque irréelle.

Malgré tout cela, les deux mois du confinement passent très vite pour nous six, on en aurait presque redemandé.

Le déconfinement est anxiogène même. Revenir à une vie pleine d'agitation n'est pas très tentant à vrai dire.

Fin mai sonne et le déconfinement avec. Mais les lycées et collèges restent fermés. Seules les écoles primaires réouvrent, mais essentiellement pour les enfants du personnel soignant, et facultatives pour les autres élèves, c'est au bon vouloir des familles.

Nous resterons donc à Senouillac un mois supplémentaire.

Au bout de ces trois mois, nous décidons de retourner à Lacanau afin de remettre en ordre la maison et de profiter de quelques jours au bord de l'océan au calme avant la saison estivale.

Nous y resterons quelques jours, ce qui permet aux enfants de retrouver leurs amis, de se balader au bord du lac et de profiter de la plage le matin.

On commence même à faire un peu de vélo, en découvrant les alentours. À son rythme, Philippe se refait une véritable santé et ça fait vraiment plaisir.

Une reconstruction physique totale pour lui comme pour moi, avec comme maître mot de nos journées, écouter son corps et prendre soin de soi.

C'est sans penser que cette fois ça allait être moi qui allais être immobilisée une nouvelle fois.

Tout d'un coup par un faux mouvement, me voilà bloquée au niveau du coude droit. Une violente douleur, mon bras commence à gonfler et à devenir douloureux. Comparée à la gravité de ce qu'a eu Philippe, je décide de ne rien dire au début. Quant au bout d'une semaine je laisse tomber le plat sur la table, tellement mon bras ne me permet plus de porter du poids. Philippe m'ordonne de me rendre chez le médecin, car je ne dois pas rester comme ça, au risque que cela s'aggrave.

Je l'écoute, et là, il réalise une échographie, et le diagnostic n'est pas très réjouissant. Épicondylite fissuraire, autrement dit une tendinopathie bien installée. Pour le médecin, soit je mets au repos total mon bras par immobilisation à l'aide d'une attelle, soit les séquelles en seraient longues et douloureuses.

Je prends la nouvelle, comme un coup de massue à nouveau. Certes, je n'ai pas ménagé mon bras, mais à ce point-là, je n'aurai pas pensé.

En même temps, le bac de Théo et le brevet de Thomas approchent à grands pas.

Jamais les mêmes recommandations de l'éducation nationale. Tout change de jour en jour, sur le déroulement des examens comme sur l'obtention des diplômes.

Contrôle continu ? Examens à passer ?

C'est déstabilisant et surtout déconcertant pour tous les deux.

Comment arriver à se projeter sans même connaître les conditions de validation des examens qui leur permettent ensuite de valider leurs vœux pour l'orientation de l'année suivante. Une période remplie de doutes et d'anxiété.

Pour moi, côté professionnel, l'annulation de tous les regroupements de plus de six personnes met un terme à toutes les commandes de bougies pour les mariages, communions et baptêmes. Une catastrophe en pleine saison pour mon activité. Je livre quand même les futurs mariés qui ont été contraints de décaler la date de leur mariage à plus tard, dans l'espoir que les restrictions évoluent pour l'été.

Nous passons donc, comme tout le monde, une période floue, où l'avenir est incertain en tous points.

L'aéronautique plonge en plein chaos menaçant l'avenir professionnel et le projet de Philippe sur Mérignac.

Théo doit faire le choix d'un BTS, ne sachant pas dans quel contexte nous nous trouverons en septembre. Car entre la maladie de Philippe, le Covid, et le contexte économique, qu'allait nous réserver l'avenir ? Une poursuite sur Lacanau, ou bien un retour prématuré sur Senouillac ? Nous devions projeter les deux solutions afin d'envisager un avenir pour tous.

Thomas, lui, doit faire le choix d'un lycée professionnel avec une filière commerciale.

Vu le manque de visibilité sur le moyen terme, nous faisons le choix de la sécurité.

Envisager d'un côté, un retour sur Lacanau en fin d'été lorsque Philippe aura totalement récupéré, et pourra reprendre son activité progressivement, avec en premier temps du télétravail et ensuite reprendre sur site. Et inscrire les enfants dans les établissements scolaires dans les deux régions, comme cela on s'assurait les deux éventualités pour ne pas être bloqués aux derniers moments et subir les conséquences d'un retour précipité et le risque pour les grands de ne pas avoir de place dans les filières choisies.

Les dossiers validés, nous sommes un peu plus sereins même si l'avenir est un gros flou en tous points. Cette période m'oblige donc à trouver les ressources nécessaires en moi, pour lâcher-prise, et trouver suffisamment de résilience.

L'été va pouvoir débuter, mais avant cela Théo doit passer son bac. N'ayant pas suffisamment de points pour valider au contrôle continu, il doit passer des épreuves orales. Pendant deux semaines, il révise, sans conseils ou directives précises, livré à lui-même. La situation sanitaire vient tout compliquer.

En pleine pandémie, et vu le risque pour Philippe qui est devenu une personne vulnérable face à l'épidémie nous décidons de prolonger notre confinement. Prendre le moins de risques possible pour tous, dans un climat globalement très anxiogène.

Même si on essaye de relativiser, chaque déplacement est devenu tout un rituel.

Remplir une attestation de déplacement, avec horaire de départ, lieu de déplacement, motif…

Nous devons ensuite porter un masque dans tous les lieux publics. Le quotidien devient fastidieux et surtout déstabilisant. Ne plus voir les visages des personnes que l'on croise, sinon tous masqués… drôle de situation. On a du mal à reconnaître nos interlocuteurs et c'est déroutant.

Cela met énormément de barrières entre les gens. Entre méfiance et peur, une ambiance bien morose s'installe. Quelle tristesse !

Le dix juillet Théo décroche son bac. Comme une libération et une belle revanche sur cette folle année si tourmentée.

La joie est à son comble. Fierté mêlée au soulagement de tant d'épreuves passées.

Pour remercier la vie, de tous ces tourments traversés et dépassés, des grâces reçues dont nous sommes infiniment reconnaissants, nous décidons de nous rendre en famille à Soulac sur Mer rendre hommage à Notre Dame de la fin des terres.

En effet, je m'étais promis de m'y rendre dans l'année. Un signe, bien étrange, que j'avais reçu ce soir-là au beau milieu de l'hiver… difficile à interpréter, mais haut combien surprenant.

En effet au mois de février, un soir, nous étions devant la télévision avec Philippe, et comme à mon habitude je ne regarde pas le film et passe mon temps calme soit à lire soit à feuilleter un magazine. Je prends un magazine sur le médoc, afin d'y découvrir des lieux à visiter, découvrir mieux la région.

Je tombe sur une page sur la ville de Soulac où ils invitent le visiteur à suivre les sentiers de Robin autour d'un labyrinthe pour enfants afin de passer un moment convivial.

Interpellée par le prénom, je mets l'idée de côté.

Et ils poursuivent par une balade au détour à l'église Notre-Dame de la fin des terres afin de se recueillir auprès de Sainte Véronique.

Et là, je décide d'effectuer une recherche sur cette Sainte que je ne connais pas.

Une brève description, où est noté le jour de sa fête. C'était le quatre février que l'on célèbre les Véronique.

Surprise, je demande à Philippe de me confirmer la date du jour. Et il me dit machinalement, « nous sommes le quatre février ».

Mon étonnement est à son comble. Signe ou hasard ?

Je me promets de m'y rendre dans l'année, ne serait-ce que par curiosité de découvrir le lieu.

Nous décidons donc, ce onze juillet de nous y rendre, où en plein été nous passons une merveilleuse journée en famille, où détente, rires sont au rendez-vous.

Visite de la chapelle pour remercier et rendre hommage à Sainte Véronique pour toutes les grâces reçues.

Le reste du mois de juillet est enfin plus léger. Balades autour du lac, sorties en forêt et émerveillement devant les fabuleux couchers de soleil de l'océan. Un petit air de vacances bien méritées.

Seul souci à l'horizon, l'état de mon bras. Même l'immobilisation la plus totale n'est pas venue à bout de mes douleurs. Le médecin décide de poursuivre le traitement, avec une nouvelle attelle et me prescrit des séances de kinésithérapie, à débuter à la rentrée.

Je commence à prendre la situation plutôt très mal. De terribles douleurs qui m'empêchent le jour de réaliser n'importe quelle tâche, et des fourmillements qui me réveillent la nuit.

Les coups, que la vie m'avait imposés cette année, m'ont stoppé tout élan en immobilisant mon bras droit. Je ne sais rien faire avec mon bras gauche, et avec toute la famille au quotidien à la maison, quelle galère, je me sens totalement bloquée, immobilisée et dépendante. Et cette dépendance envers les autres est le plus dur pour moi. Devoir demander de l'aide pour n'importe quelle tâche, c'est vraiment dévalorisant et handicapant.

Moi qui ai l'habitude de gérer tout le quotidien de la maison avec rapidité et efficacité, me voilà à donner des ordres aux autres pour que les tâches ménagères soient exécutées. Bien que tous participent de bonne volonté, je pense que c'est moi qui vis la situation le plus mal.

Petit à petit, je prends mon mal en patience, et commence à accepter les messages que mon corps m'envoie, comme un cri du plus profond de moi, qui demande que l'on s'occupe de moi. Moi qui me suis totalement consacrée à ma famille ces derniers mois, je demande inconsciemment de l'attention et de l'aide.

Tous sont adorables et m'épaulent du mieux que possible.

Les mesures sanitaires étant un peu plus légères, je peux à nouveau rendre visite à Mamie, à la maison de retraite. Il faut tout de même porter un masque et respecter les gestes barrières. Les conditions sont tout de même très réglementées. Nous pouvons la rencontrer uniquement dans la salle commune, où une table et des chaises disposées en face à face avec une distance d'au moins un mètre entre nous, a été mise en place à cet effet. La visite ne doit durer que trente minutes et nous devons réserver un créneau horaire afin de la visiter. Cela est limité à une seule visite de trente minutes par famille et par semaine. Quelle tristesse ! Nous devons nous organiser en famille pour que chacun puisse la voir au moins une fois par mois à tour de rôle… Elle est certes moins isolée qu'au printemps, mais tout de même. Nous ne pouvons même pas l'embrasser ou la toucher. Juste discuter ensemble avec de la distance. Même si nous apportons un petit cadeau, ce dernier est pris par le personnel soignant afin d'être désinfecté avant de le lui donner en fin de journée. Nous repartons de chaque visite, le cœur lourd et les larmes aux yeux. Mamie, elle, vit la situation avec résilience, elle positive toujours et se satisfait de si peu, ça m'a toujours impressionné. Nous espérons que très vite la situation sanitaire s'améliore et nous permette de venir la voir le plus régulièrement possible.

L'été avance, et à nouveau une galère arrive, en plein mois d'août Philippe est pris d'une terrible rage de dents. Cela l'amène jusqu'aux urgences en pleine nuit, tellement la douleur est insupportable. Même les médicaments les plus forts ne le soulagent pas. Un flash-back de six mois en arrière…

Comment une douleur dentaire peut-elle le clouer au lit avec de terribles douleurs ? Il souffre le martyre, et je suis totalement démunie. Cela durera une semaine, où les visites chez le dentiste, visites aux urgences en pleine nuit, pour finir chez un stomatologue. Un enfer, le pauvre Philippe, comme s'il n'avait pas assez souffert cette année. Était-ce lié à ces soucis cardiaques ? La question s'est posée…

Apparemment pas, les examens cardiaques sont bons. Une bonne dose de stress à nouveau.

Ce sera un abcès sous une couronne dentaire qui a créé une inflammation et une infection.

L'été arrive à sa fin, et la rentrée scolaire approche à grands pas. Nous avons prolongé les vacances d'une semaine à cause des soucis dentaires de Philippe. Il devait théoriquement reprendre son travail à mi-temps thérapeutique à partir du seize août.

Nous voilà au vingt août et toujours à Senouillac. Nous sommes en pleine préparation des bagages pour repartir à Lacanau, afin de laisser quelques jours pour reprendre nos repères et organiser au mieux la rentrée.

Robin et Lohan, toujours dans la même école. Thomas dans un lycée professionnel où il choisit une filière commerciale. Et Théo en BTS en alternance à côté de Bordeaux.

Philippe doit reprendre à temps plein sur le site du client début septembre.

Tout s'organise à nouveau dans les moindres détails, afin d'optimiser une rentrée sereine pour tous.

Après huit mois sans école, le grand saut de la rentrée va être franchi.

Nouvelles réglementations sanitaires, masques pour tous, même pour les enfants à partir de six ans dans l'enceinte de l'établissement scolaire.

La nouvelle est surprenante et déconcertante pour nous. Comment s'adapter à ses nouveaux camarades, professeurs avec un masque ? Tout va devenir si impersonnel.

Faudra vraiment trouver du positif dans cette évolution sanitaire qui bouscule nos plus profondes habitudes et certitudes sur la vie.

C'est la veille de notre départ pour Lacanau qu'à nouveau tout bascule…

Un seul appel téléphonique et tout l'avenir en est retourné.

Théo est mis sur liste d'attente pour son BTS sur bordeaux. Faute de places, et de n'avoir pas encore trouvé d'entreprise pour son alternance, le voilà sur liste d'attente. Sa place n'est plus certaine, et s'il fait le choix de poursuivre son vœu, il prend le risque de se retrouver rapidement sans établissement scolaire.

Voilà le véritable coup de massue sur la tête. Comment arriver à se retourner maintenant à une petite semaine de la rentrée scolaire ?

Envisager de laisser Théo seul à la maison pour qu'il poursuive ses études à Albi, impensable pour moi.

C'est si brutal, presque irréel. Un cauchemar, à nouveau, s'abat sur nous.

Mais pourquoi ?

J'envisage tous les scénarii possibles et inimaginables :

– Rester tous à Senouillac, Théo en BTS Albi, les petits à l'école de notre village et thomas faudra lui trouver un lycée et Philippe en télétravail ;

– Repartir tous à Lacanau, et envisager un redoublement en terminale pour Théo afin qu'il puisse reformuler des vœux pour l'année suivante en se laissant plus de temps pour sa réflexion d'orientation ;

– Laisser Théo ici en BTS à Albi et nous, repartir à Lacanau.

Je saisis bien au fond de moi que la dernière option est bien évidemment la plus raisonnable pour tous, mais je ne veux pas l'imaginer.

Laisser mon fils de dix-sept ans seul, et partir à trois cents kilomètres de lui, dans un lieu qui ne nous a apporté quasiment que désillusions et soucis. Notre vie est ici à Senouillac, nos racines aussi et notre fils aussi.

Là, je sens que j'arrive à un point d'extrême désarroi.

Jusque-là, malgré toutes ces épreuves, j'ai réussi à faire face avec mon courage et ma foi, mais là ça en est trop pour moi, je suis blessée au cœur, au creux de mes entrailles. Mon fils, mon trésor, la chair de ma chair, impossible de le laisser si brutalement.

J'ai la terrible impression que si on le laisse ici, je l'abandonne.

Ce n'est tout de même pas si banal de laisser son enfant dans sa maison, et que ce soient les parents qui partent… Tout fonctionnait à l'envers de mes valeurs et de mes choix de vie.

Dans la logique de la vie, ce sont les enfants qui partent et quittent le nid et non l'inverse…

Plus de logique, plus de certitudes, plus rien à se raccrocher du réel. Le désarroi le plus complet pour moi. Philippe n'en mène pas plus large que moi, mais reste plus terre à terre, il y voit une meilleure scolarité pour Théo.

Je passe deux journées à pleurer jour et nuit. Aucune solution ne me convient, c'est l'horreur.

Mon cœur me dit de rester ici avec Théo, et la raison de partir pour le travail de Philippe et l'école de Robin, Lohan et Thomas.

Je vais me ressourcer et trouver du réconfort auprès de notre dame de la Drêche, à L'abbaye Saint-Michel de Gaillac, à la cathédrale d'Albi. Un vrai soutien pour moi, tous ces lieux remplis de sérénité, de douceur et de paix. J'ai alors réellement besoin de cette aide divine.

Même si je sais pertinemment que Théo ne sera pas vraiment seul, que mes parents le prendront chez eux tous les soirs, et qu'ils s'en occuperont comme de leur propre fils, c'est trop dur pour moi d'imaginer de partir et de le laisser.

Jamais je n'avais imaginé que je n'accompagnerais pas mes enfants jusqu'au moins leur majorité et leur indépendance.

Heureusement que l'on a le soutien de mes parents, de Monique, car je suis vraiment au fond du gouffre, comme jamais auparavant. Tout dans l'avenir proche s'annonce dur à vivre, à franchir. À nouveau que d'incertitudes et d'épreuves à traverser. À la différence de ce que l'on avait vécu jusqu'à présent, c'est que je n'ai plus le courage qui m'a habité et soutenu jusqu'alors. Je craque littéralement devant Philippe, mes parents et les enfants. Entre pleurs, sanglots et tremblements, je crois devenir folle ce jour-là. Pour mes parents, cela est plutôt surprenant, car je ne me suis jamais autorisé à montrer ce côté de faiblesse devant eux. J'ai toujours tenté de les protéger et de toujours leur montrer ma force et mon courage. Maman est triste et si compréhensive à cet instant, elle comprend mon cri du cœur de maman. Papa, lui, tente de me rassurer et de me faire relativiser. Un soutien, sans faille, vient à moi ce jour-là. Ils ont compris la gravité de mon désarroi et veulent soulager mes angoisses. Cela me touche, et me permet de libérer mes peurs devant eux pour une fois.

Cette semaine-là est consacrée à organiser la nouvelle vie pour Théo. Nous prolongeons donc le séjour jusqu'à la veille de la rentrée.

Comme signe encore, que notre vie est ici, comme si l'on ne doit pas repartir…

Inscription en BTS à Albi, carte de bus, carte bleue, organisation de la maison, installation dans sa future chambre chez mes parents d'un bureau, du nécessaire à sa vie d'étudiant. Beaucoup de discussions, d'échanges entre nous et Théo afin de le rassurer et de lui montrer la confiance que nous avons en lui.

À dix-sept ans, nous lui confions notre maison. Il possède une telle sagesse, une force de caractère qui lui a permis de décider de prendre en main son destin pour ce qui était meilleur pour lui et pour son avenir.

En trois jours, Théo a fait le choix de rester chez lui, et de poursuivre ses études loin de nous.

Une évidence pour beaucoup, mais une terrible épreuve pour moi.

Cette étape est très dure, pour nous comme pour lui, mais nous savons pertinemment à cet instant qu'elle sera temporaire.

L'appel de nos origines n'a jamais été aussi fort que ce jour.

C'est le vingt-neuf août, avec à nouveau une semaine de retard que le départ vers Lacanau sonne.

Un seul mot : déchirement. Les larmes coulent telle une rivière en plein tsunami. Inconsolable je prends mon Théo dans mes bras et lui promet de tout faire pour rentrer le plus rapidement possible et définitivement cette fois. Lacanau n'aura plus la même saveur, le même intérêt à cinq, sans Théo.

Lui, Théo, est si fort à cet instant. Il prononce une seule phrase « ne t'inquiètes pas maman ça va aller, et puis de toute façon vous allez bientôt rentrer, papa me l'a dit, avant Noël ».

En quittant Théo sur le pas de la porte, c'est nous 5 qui pleurons comme des bébés. Mais pourquoi s'infliger de telles souffrances volontairement ?

D'un petit coucou de la main, la voiture démarre, et nos regards se suivent jusqu'au dernier moment. Je voudrais tant opérer un demi-tour, mais la vie nous envoie à Lacanau, pour terminer notre mission et revenir plus tard.

Pour moi, il est évident que cette étape marque le signe de notre futur retour aux sources.

C'est Théo qui rentre le premier, pour reprendre les marques avant nous tous.

Tout le long du trajet, une chanson passe en boucle à la radio. Chanson entendue partout en cette période, mais tellement évocatrice et porteuse de sens pour moi.

« Jérusalema »

Quel merveilleux signe du ciel ! Une bénédiction, un message sur l'avenir pour notre famille. Je ne connais pas les paroles car c'est en langue étrangère. Je cherche donc la signification, je suis littéralement étonnée : les paroles chantent *protège-moi, marche avec moi, ne me laisse pas ici, mon royaume n'est pas ici…*

À partir de cet instant, j'ai imploré le ciel, de nous ramener chez nous, pour redevenir une vraie famille, dans notre maison tous les six.

Cette chanson devint ma guidance, mon espoir, ma boussole et mon plus beau rêve.

Le retour à Lacanau est bien triste, vide de tout espoir de prolonger notre aventure et nos rêves de vie proche de l'océan à néant.

Finalement, nous prenons conscience que notre vie n'est pas ici, mais à Senouillac.

Fallait tout de même pour le bien de tous, reprendre un semblant de vie normale.

Après une souffrance, laissons-nous la chance de renaître, de revivre et de croire à nouveau.

Le jour de rentrée sonne. Le retour des enfants à l'école après plus de huit mois passés à la maison en vacances prolongées. Une sacrée reprise, vécue par Robin comme sa toute première rentrée.

Un retour en arrière d'une année. Pleurs, crises de larmes, chantage, voilà le rituel de chaque matin.

Sauf que cette année la nouveauté est que ses journées seront bien plus longues puisqu'il y restera la journée. En effet, à partir de la moyenne section de maternelle, l'école est obligatoire toute la journée.

Lohan, lui, est ravi de retrouver ses copains. Ils ont des projets plein la tête pour cette dernière année avant le collège.

Thomas découvre un nouveau lycée proche de Bordeaux. C'est un lycée professionnel qui propose la section vente commerce, ce qui correspond totalement à Thomas. Pour la première fois de sa vie, il est enfin content d'aller à l'école. Les cours l'intéressent et il s'investit. Un grand ouf pour nous. Son orientation semble lui convenir à merveille.

Théo lui rentre en BTS au lycée où il était en classe de première juste avant de partir à Lacanau.

Il y retrouve des amis ce qui facilite son intégration. Il passe les nuits chez mes parents, et son temps libre à notre maison, où ses amis d'enfance viennent lui rendre visite régulièrement.

Globalement, tout redevient compliqué avec la crise sanitaire. Au moindre cas suspect, les classes ferment et les enfants sont isolés en confinement.

C'est le cas pour Robin qui fait une rentrée de trois jours. Après cela, il passe deux semaines à la maison, car son Atsem a contracté le Covid. Comment lui faire comprendre qu'il est à nouveau en vacances et qu'il faudra ensuite retourner à l'école… Le retour en classe sera encore plus compliqué à envisager et à gérer.

Ceci a le mérite de me permettre de profiter avec Robin de belles journées ensoleillées au bord de l'océan, où de balades au bord du lac pour aller nourrir les magnifiques cygnes.

Mon petit bonhomme est aux anges, maman que pour lui toute la journée à le bichonner dans des lieux si privilégiés. Les touristes sont repartis et l'ambiance est si paisible.

Moi, j'ai bien besoin de ce calme et de cette paix.

Après tous ces tourments de l'année, je suis à bout de souffle. Je n'aspire qu'à une seule chose, retrouver un semblant de calme au bord de l'océan. Moral en berne, mon corps tout entier est meurtri.

Faut impérativement que je prenne soin de moi si je veux arriver à continuer à prendre soin de ma petite famille.

L'état de mon bras ne s'est pas du tout amélioré, je dois le soigner.

Je décide de prendre rendez-vous dans un cabinet de kinés comme mon médecin me l'a prescrit.

Un rendez-vous m'est donné rapidement la même semaine. Rapide, cela m'encourage à écouter plus mes ressentis et ma fatigue.

Je rencontre alors ce kiné, Jean Michel. J'y vais avec l'espoir de prendre soin de moi, et surtout d'améliorer l'état de mon bras, car chaque geste est douloureux.

Ma première impression est celle d'une personne très sérieuse, très à l'écoute, bienveillante et dotée d'une grande bonté. Il porte une blouse à l'effigie « kiné du monde ». Je me dis à cet instant qu'il a dû voyager ou faire de l'humanitaire. Cela m'interpelle.

Il procède à un examen assez précis de mon bras et pratique même une échographie. Afin de déterminer un diagnostic. Il confirme celui posé quelques semaines plus tôt : épicondylite fissuraire, qui me fait souffrir à présent depuis quatre mois.

Il évoque plusieurs thérapies que l'on pourra réaliser. Cela me redonne beaucoup d'espoir, de courage pour enfin espérer me resservir bientôt de mon bras normalement. Il ne me cache pas que cela serait long, mais qu'on y arriverait.

Le traitement durerait minimum trois mois à raison de deux séances par semaine.

À la fin de cette première séance, je me sens rassurée et enfin prise en charge. Il me fixe mon prochain rendez-vous qui aura lieu dans son autre cabinet à côté de l'océan, plus pratique pour moi.

Philippe reprend son travail à temps complet sur le site du client.

Cela fait déjà trois semaines, qu'il avait repris mais en télétravail, ce qui lui permettait de reprendre un rythme, de suivre les activités, tout en bénéficiant d'un cadre familial, lui permettant de se reposer régulièrement. Cela lui permettait de pratiquer du sport, de la marche, du vélo, d'avoir un emploi du temps à la carte afin de continuer à récupérer au mieux.

Cette période de transition fut bénéfique. Mais fallait à présent retourner sur site, pour poursuivre l'activité et guider au mieux son équipe, car à distance ce n'est jamais facile.

J'appréhende beaucoup cette reprise pour lui, craignant qu'il ne se laisse à nouveau dépasser par des horaires sans fin, une pression à nouveau présente et des responsabilités toujours plus lourdes à supporter.

Et c'est malheureusement le cas. Tout l'équilibre que Philippe a réussi à mettre en place commence à s'effriter petit à petit.

Dès la première semaine, on lui impose à nouveau la pression du client. Sa bonne humeur et son enthousiasme déclinent. Il est à nouveau face à un rythme soutenu et devient fatigué. Même démotivé de ce métier qu'il avait auparavant tant aimé.

Cette période est très compliquée émotionnellement pour Philippe.

D'un côté, la crise sanitaire ne s'améliorant pas, le secteur aéronautique est en plein déclin, et de nombreux emplois sont menacés. Comment arriver à se projeter sereinement dans un secteur qui débauche toujours plus, de jour en jour. Emplois menacés, contrats clients suspendus… un quotidien très pessimiste. Plan de sauvegarde à l'emploi, départs volontaires, voilà ce qui est annoncé dans de nombreuses entreprises.

De l'autre côté, sa santé, sa vie de famille et son bien-être sont devenus sa priorité après tous ses soucis traversés et endurés.

Dans sa tête, tout devient de plus en plus flou, se chamboule, s'emmêle, mais il a une grande certitude, celle de vouloir améliorer son quotidien, pour se sentir plus serein et ne plus subir toute cette pression. Il veut à présent créer quelque chose pour lui, pour son avenir et celui de sa famille.

Une nouvelle fois, je fais tout mon possible pour le soutenir de mon mieux, et c'est assez fastidieux. Certes, je peux écouter, comprendre, discuter, mais mis à part des conseils, je ne dois pas prendre de décision pour lui. Un avenir professionnel est bien trop personnel pour laisser son entourage l'influencer et encore moins prendre les décisions.

Certes, on ne se voit plus continuer à vivre à Lacanau longtemps, mais de là à tout planter comme ça, il en est hors de question. Nous avons accepté en notre âme et conscience cette mission professionnelle et on se doit de l'honorer.

Les enfants participent aussi aux discussions, et ils sont bien clairs, ils souhaitent retourner vivre le plus rapidement à Senouillac, reprendre leur vie d'avant avec leurs amis, leur famille, leurs racines.

Quant à moi, je fais de mon mieux pour avancer en espérant au fond de moi-même un retour très proche, même si je suis consciente des enjeux et de l'importance des tâches qu'il y aura à mettre en place pour un retour en arrière.

Nous comptons tous les matins sur un tableau affiché au frigo, le nombre de dodos avec robin qu'il reste avant de voir Théo. Ce petit rituel apporte un peu d'espoir à chaque début de journée. Cette petite routine s'installe.

Nous nous sommes fait la promesse de nous voir au minimum toutes les deux semaines. Une fois, ce sera nous qui irons à Senouillac, et une fois Théo viendra à Lacanau. Faut absolument garder le lien. C'est un besoin viscéral.

L'absence de Théo au quotidien est compliquée pour chacun d'entre nous, même si nous lui téléphonons tous les soirs, c'est la première fois de notre vie que nous sommes séparés plus d'une semaine. Jamais de colonies de vacances, de pensionnat, de déplacements éloignés, nous étions tous unis en permanence.

Oui, une famille unie, nous le sommes, et de plus en plus. Les épreuves ont renforcé nos liens, nos cœurs, en créant des liens indestructibles.

Comme l'année passée, le cap de l'automne est difficile à franchir. Fatigue, découragement, et surtout une terrible envie de rentrer chez nous. Rentrer au plus vite, car ici à Lacanau tout va mal.

On traverse galère sur galère et en tous points.

Je sors pour partir, et là devant la maison, je retrouve ma voiture tout engloutie. Bien évidemment, l'auteur des faits n'a pas laissé d'adresse…

Philippe part au travail, et le premier jour, sa roue arrière crevée et immobilise le véhicule au bord de la route, le faisant arriver en retard à son rendez-vous.

Des soucis pas graves, mais qui cumulés à tout le reste deviennent lourds et n'arrangent rien.

C'est une véritable accumulation de soucis qui s'impose à nous tous. C'est épuisant. Dès que l'on commence à retrouver un semblant d'équilibre, voilà que tout est à nouveau ébranlé. Nous sommes mis à l'épreuve depuis plusieurs mois, comme jamais dans toute notre vie.

Mais on continue avec beaucoup de courage.

Mes conversations quotidiennes avec Monique me donnent de l'espoir. Elle qui a toujours le mot parfait, le bon conseil pour m'accompagner et me comprendre. Un soutien, une formidable guide pour moi. Elle tente à chaque fois de tirer le meilleur de la situation pour me faire relativiser et m'épauler.

Sa présence est inestimable à cette période si compliquée, où loin de toute la famille, mon cœur commence à chavirer. Tenir bon, encore une fois…

Au rythme de la chanson, *ça ira*, je trouve un peu d'espoir. Chanter me libère, m'aide et surtout me guide.

On nous a dit ça c'est la vie, on fait ce qu'on peut c'est comme ça… c'est le cœur ou la tête docteur dites-moi… ce n'est pas si facile, je veux garder mon âme d'enfant… ça ira, le pire est passé, ne faut pas qu'on se laisse tomber, relever, relever, résister encore une fois… ça ira, ça ira… Ça ira, le pire est passé, ça ira…

Nuit et jour, cette chanson m'accompagne. « Plus de sourires à la maison… je dis à mon fils fait attention, le bonheur se fait rare… ça ira. »

Une chanson si parlante à ce moment précis de ma vie.

Je veux y croire et garder mon âme d'enfant.

Envie de légèreté, d'équilibre et de liberté. Voilà ce dont je rêve, d'une vie qui est le contraire de ce que je traverse, que nous sommes en train de vivre.

L'océan me permet de trouver cette liberté. Combien de matins, après avoir déposé les enfants à l'école, je pars me promener seule au bord de l'océan, avec seule compagnie le bruit des vagues, qui ont la vraie vertu de m'apaiser assez rapidement. Je marche longuement, même sous la pluie, jusqu'à arriver à un endroit, où je décide enfin de me poser et de plonger mon regard sur les vagues qui se déversent au loin, sur quelques surfeurs ou encore sur un nuage passant à l'horizon. Ces instants de calme le plus profond, sont véritablement réparateurs mais aussi source d'espoir et de nouvelles solutions pour avancer.

Sans ces moments de solitude, je pense que j'aurai craqué. Les pieds dans l'eau fraîche, je fais le vide et y trouve en ces instants de véritables pépites. Je prends des photos pour immortaliser le moment car je sais bien au fond de moi que lorsque l'aventure océane touchera à sa fin, ces moments me manqueront et que j'aurai bien du mal à trouver des moments aussi réparateurs. L'océan m'émerveille tellement, m'apaise, me ressource et me permet de faire le vide totalement.

Avec cette crise sanitaire, il est impossible de reprendre quelque activité physique et sportive en club, même en petit comité. Impossible de retourner aux cours de Pilates de Nathalie, à l'aquagym…

De toute façon, l'état de mon bras ne me le permet pas.

Même si petit à petit, les séances de kiné sont bénéfiques, mon bras est encore fragile et je dois faire attention à ne pas me reblesser inutilement.

Jean Michel est sympathique, et au fil de nos conversations j'y raconte bien souvent toutes nos mésaventures. Ça me fait du bien d'avoir à mes côtés quelqu'un qui peut avoir un regard totalement détaché sur notre situation, et qui peut donc me conseiller en toute objectivité, mais toujours avec bienveillance.

Nos discussions sont toujours très riches. Des échanges sur de nombreux sujets de la vie. Il a bien saisi nos soucis, et selon lui notre vie n'est pas à Lacanau. À plusieurs reprises, il me demande même pourquoi nous sommes venus ici alors que nous avions tout pour être heureux à Senouillac… La vie, l'appel de mon rêve d'océan, le travail, lui répondais-je…

Faut que l'on change de vie sinon notre situation et notre bonheur vont en pâtir. Faut donc tout changer et tout recommencer.

Philippe le sent lui aussi. Un soir, il fait la promesse à Lohan qu'à Noël, nous serons de retour définitivement à la maison.

Et quand on promet à un enfant, on ne peut pas lui mentir.

Je pense qu'au fond de Philippe cette annonce sonne comme un espoir, une délivrance et un retour à la maison, mais surtout un changement de vie professionnelle.

De dures et fastidieuses prises de décisions allaient s'imposer. Comment s'y prendre et comment tout mettre en place ? En voilà le grand mystère…

Faire confiance en la vie et écouter tous les signes, c'est certain.

Tant de choses à réorganiser et à rétablir, de vraies montagnes à franchir.

Le week-end approchant, Théo venait nous retrouver. Une véritable fête s'annonçait pour nous tous. Les retrouvailles sont toujours magiques et on profite de chaque instant pour savourer ce précieux moment tous les six.

On part au Cap Ferret pour passer la journée. Elle est magique. On va déguster des huîtres au bord du bassin dans une petite cabane ostréicole, puis se balader en famille.

C'est léger et cela nous donne une bouffée d'air frais si nécessaire dans un quotidien si lourd.

À la table d'à côté, un livre dépasse d'un sac. Son titre *changer de vie*, sonne comme la révélation que l'on attendait tous. Je le prends même en photo tellement cela nous parle si intensément.

Pas plutôt rentrés à la maison, je le commande. Il est en quelque sorte le point de départ de notre décision.

Ce livre est si passionnant, récits de plusieurs familles qui expliquent leur changement de vie. Mais c'est avant tout le titre qui est le plus parlant et qui résonne en nous. On y voit un véritable signe de la vie…

Le lendemain, en me promenant au bord du lac, je suis saisi par la beauté de la nature. Le lac est un miroir d'eau, où le lever de soleil est si majestueux, où des cygnes voguent si paisiblement.

Et si le grand signe était là ? Une vie paisible, tranquille, en famille dans notre maison au milieu de nos vignes.

La vie c'est toujours comme ça, *ça va ça vient*. Une nouvelle fois, une chanson résonne dans ma tête en boucle comme pour y délivrer le message du moment. Cette fois, il est pour Philippe ce message.

Ça va ça vient, ça va ça vient, ça ne tient à rien... au fond tout va bien.

Dis-le-moi, si tu as tout essayé, tout tenté... espéré que ton monde change.

Comme un hymne à la vie, à l'espoir, à la prise de conscience et de décision pour que tout aille bien ensuite.

La crise sanitaire est en train de devenir une véritable crise économique. Chômage, faillite, tel est le sort de beaucoup de personnes.

Philippe, en pleine réflexion, se retrouve face à une situation plutôt inattendue.

Sa société qui doit lancer un plan de sauvegarde à l'emploi, propose de faire bénéficier à ses salariés de départs volontaires afin de leur permettre de bénéficier à d'autres salariés de créer ou de reprendre une entreprise, tout en sauvant les emplois de ceux qui étaient au départ menacés.

Cette annonce arrive fin septembre, pour un dépôt des dossiers seulement une semaine plus tard. Il faut se décider vite, très vite. Cela laisse peu de temps aux indécis et à ceux qui ne disposent pas d'idées ou de projets professionnels.

Autant dire que la réflexion se doit rapide, réfléchie et pertinente.

Philippe mesure l'ampleur de sa décision. Néanmoins, elle n'en reste ni subite ni soudaine, car ça fait quelque temps que nous évoquons ensemble l'éventualité de changer de vie professionnelle et de créer un univers bien à nous en ayant pour projet la création d'une entreprise.

Depuis plus de vingt ans, Philippe fait cent soixante kilomètres par jour pour se rendre à son travail, des journées interminables. Mais nous avions fait ce choix de vie, pour rester construire notre vie à la campagne, où nos enfants pourraient grandir dans un environnement privilégié et calme.

Mais il est vrai que cet éloignement de son lieu de travail lui demande de longues heures de déplacements quotidiens qui deviennent avec le temps contraignants et si fatigants.

De plus, il avait du mal, à se projeter objectivement, pour les vingt prochaines années, au vu du contexte économique, de l'évolution de son métier, et de sa motivation qui avait bien baissé.

Son état de santé devient une priorité, et ce travail-là, une source de beaucoup de stress avec toujours plus de pression de tous côtés, client, société, équipe, projet, un cercle vicieux.

Tout cela lui permet de faire son choix, et de prendre la sage décision de changer d'avenir professionnel.

L'aéronautique, l'engineering ne correspond plus à ses nouvelles aspirations de vie équilibrée et surtout de vie plus calme, plus proche de la nature et de l'essentiel.

Une vie simple et authentique, voilà à quoi aspire Philippe à ce moment-là.

Tout cela étant également motivé par l'envie et la volonté de créer un véritable projet professionnel en créant une entreprise d'entretien d'espaces verts, entretien de piscine, et dans un second temps la reprise de l'exploitation viticole familiale.

Véritable projet personnel, mais aussi familial, une terrible envie de développer et transmettre ensuite quelque chose à nos quatre enfants.

Nous possédons de véritables possibilités de se retourner, et de bâtir une nouvelle vie plus en harmonie avec nos choix et nos désirs.

C'est donc avec beaucoup de courage, de détermination et de volonté que la décision de changer de vie professionnelle est prise.

Un tournant à cent quatre-vingts degrés dans la vie de Philippe. Le fruit de mûres réflexions et d'échanges partagés vers un objectif commun, de bâtir quelque chose ensemble, tous les deux.

Comme un merveilleux signe venu pour nous guider, c'est lors d'une balade au bord de l'océan qu'un matin, mes yeux se tournent vers le ciel. J'étais alors en plein questionnement sur notre avenir, sur la décision qui allait venir à nous, que je demandais de l'aide, pour nous aider à prendre la meilleure décision pour notre avenir.

C'est alors que j'ai à mon plus grand étonnement, l'agréable surprise de voir se dessiner sous mes yeux dans le ciel un fabuleux signe. En effet, deux avions qui se suivent à haute altitude, formant des traînées blanches dans le ciel, opèrent un véritable demi-tour à cent quatre-vingts degrés, pour changer de trajectoire, et retourner vers leur lieu de départ. À ce moment, je comprends que notre vie n'est plus ici, à Lacanau, mais que nous allons retourner à Senouillac. Ce changement de trajectoire, annonce ce jour-là, notre changement de vie.

La décision prise, fallait passer à l'étape suivante, celle de l'annonce.

Elle est bien comprise par certains, au vu de l'état de santé de Philippe, du contexte économique, et de notre éloignement, beaucoup ont pris la nouvelle comme une évidence à nos choix et projets de vie. Pour d'autres, notamment la direction, il aura fallu de nombreuses négociations pour que leur décision soit favorable à son départ. Philippe a dû mettre en place toute une stratégie afin d'assurer la pérennité du projet, d'assurer la continuité dans les meilleures conditions, et de faire perdurer la satisfaction du client. Ce n'est qu'après cette ultime condition, que les négociations de départ ont pu être envisagées. Cette période a été très éprouvante pour Philippe. Car pour une société, laisser partir un élément aussi important sur un projet en plein développement c'est très compliqué et fastidieux.

Mais finalement, les échanges se terminent assez rapidement, au vu du dossier de départ volontaire que nous avions présenté. Le dossier est cohérent, le projet porteur et viable. Rien ne pouvait le contrer ou s'y opposer.

Le travail de Philippe est reconnu et récompensé à sa juste valeur, et il va enfin pouvoir se projeter vers un nouvel avenir professionnel.

Un avenir que l'on espère bien meilleur après cette année si éprouvante, et qui a été de rebondissement en rebondissement. Foi en la vie, c'est avec confiance que l'on avance tous les jours un petit peu plus. On commence tout juste à apercevoir le bout du tunnel, et à envisager les tenants et aboutissants afin de mettre en place ce grand départ.

Comme me rappela si ingénieusement à ce moment-là, ma tendre amie Anne « mais Nathalie, il me semble qu'il n'y a pas si longtemps tu me parlais de nouvelle vie, de nouveau départ ». Bien vu, en seulement quinze mois, nous aurons débuté deux fois une nouvelle vie… Ah la vie, toujours pleine de surprises, de rebondissements… quand on pense avoir tout compris, c'est là que tout change, se bouleverse et se réinvente…

Car il s'agit là, bien oui, de réinventer toute notre vie professionnelle autour d'un projet commun.

Les vacances de Toussaint approchent, et elles sont synonymes de repos enfin mérité et surtout de lâcher prise après tous ces revirements de situation et cette grande décision prise et annoncée. Nous allons maintenant vers un avenir bien moins incertain qu'au mois d'août. En deux mois, nous avons réussi à envisager notre retour et un changement de vie certain.

Nous allons pouvoir tout envisager et prévoir pour notre retour à Senouillac en décembre. Plus que deux mois et le retour aux sources sera-là.

La promesse faite à Lohan avait été tenue. Théo est bien évidemment soulagé et toute notre famille ravie de nous accueillir à nouveau, et de voir s'approcher dans un futur assez proche une vie plus équilibrée et plus sereine.

Pour tout notre entourage, il est évident que notre décision est la bonne. On ne pouvait plus continuer de mener une vie aussi compliquée pour tous et aussi stressante et mal équilibrée où chacun devait sans cesse se battre contre ses plus grands désirs, et mettre un terme à cette période si noire de notre vie. Fallait en tirer des leçons et avancer complètement différemment. Cette échéance marquait dans nos esprits une délivrance, la fin de ce cauchemar, et était source d'espoir véritable enfin…

Philippe doit juste faire un bilan chez son cardiologue et pratiquer une épreuve d'effort, qui doit être une simple formalité de surveillance cardiaque. C'était sans penser que ce test d'effort allait nous plonger dans une tourmente à nouveau.

Le test a l'effort n'est pas concluant et qu'il est encore en insuffisance cardiaque.

Le cardiologue décide donc de pratiquer à nouveau une coronarographie, et lors de l'examen, un nouveau stent est posé par précaution au vu de ces antécédents.

Voilà le cauchemar recommence. Soins intensifs, service de cardiologie et repos prescrit à nouveau. Le cardiologue est sans appel, trop de stress est à l'origine de cette quasi-récidive.

Tout cela vient confirmer notre décision de changement de vie professionnelle.

Encore une fois, les soucis de santé arrivent lorsque nous sommes à Senouillac, encore une preuve que notre vie est ici, entourés de nos proches, des médecins assurant son suivi cardiaque.

Une véritable confirmation de nos choix de vie.

Après quelques jours de repos chez nous, nous devons repartir à Lacanau.

Philippe est mis en arrêt maladie pour un mois.

Au programme, beaucoup de marche, vélo et repos.

Pour la rééducation cardiaque, vu que le centre au Cap Ferret est fermé à cause à nouveau de la crise sanitaire, Philippe fera sa rééducation chez un kinésithérapeute.

C'est tout naturellement et comme une évidence qu'il la ferait avec Jean Michel.

À présent, il nous soignera tous les deux. Philippe travaillera son rythme cardiaque avec divers appareils, vélo, tapis de course, rameur. Au fil des séances, il gagne en endurance et se sent mieux physiquement.

Avec Jean Michel, nos discussions sont toujours basées sur les vérités de la vie, nos parcours respectifs à Lacanau, puisque lui aussi n'est pas natif d'ici. Il est arrivé à Lacanau, peu avant nous en mai deux mille dix-neuf et nous en août. Beaucoup de similitudes, d'anecdotes qui apportent un peu de légèreté. Même si les lieux sont emplis de beauté, l'ambiance et la mentalité sont très compliquées. Tout est tourné vers le business, les relations entre humains sont assez froides et bien souvent basées sur l'intérêt relationnel professionnel.

Même moi qui m'intègre en principe facilement, qui reste ouverte et discute facilement, j'ai bien du mal à m'intégrer et à faire ma place ici.

Des connaissances oui, mais pas de véritables amitiés.

C'est de toutes ces particularités que nous nous amusons à raconter avec Jean Michel. La même vision de la vie, la même conclusion. Lacanau, c'est super pour les vacances, mais au quotidien c'est très compliqué, car déjà, c'est éloigné de tout et surtout on ressent bien à travers les discussions et les rencontres que nous ne sommes pas de vrais canaulais…

Beaucoup de relations ici, sont basées sur l'argent, lié au business que tous y réalisent. Un business autant commerçant que médical.

À Lacanau, tout le monde se connaît, et profite du tourisme pour vivre toute l'année.

Les relations simples en pâtissent, et l'accueil y est très subjectif.

Heureusement que nous sommes en famille, car sinon ça aurait été encore plus compliqué.

Même si je suis assez solitaire et me suffis de peu de contacts, les vraies amitiés sont essentielles quand la famille n'est pas là.

Nos journées sont bien souvent source de nombreuses découvertes et de lieux aussi enchanteurs que magiques. Les bords du lac de Lacanau sont splendides à découvrir à pied comme à vélo. Des lieux si reculés qu'on se croirait seul au monde.

Entre ballades océanes et promenades au bord du lac, les matinées passent vite. Les après-midis sont consacrés à organiser notre futur retour avec tous les tracas d'organisation qui recommencent.

Trouver les écoles et lycées appropriés pour chaque enfant en fonction de ses options. Donner le préavis de la maison, vendre les meubles et objets divers, et tout le côté administratif à mettre à jour.

Mais dans le sens du retour, c'est beaucoup plus simple et motivant. Nous partons en terrain connu, et puis Théo nous attend à la maison. Théo a bien grandi d'un coup. Se gérer seul pendant cette période lui a donné beaucoup de responsabilités et lui a donné de l'autonomie et des ailes…

Thomas lui recommence à faire des bêtises et des erreurs qui sont de plus en plus « graves ».

Un soir il part à notre insu à vélo en pleine nuit pour rejoindre des amis dans une ville éloignée de plusieurs kilomètres malgré le couvre-feu à dix-huit heures annoncé par le gouvernement, sans lumière, sans aucune sécurité, où fort heureusement la police l'interpelle au bord de la nationale à pédaler à vélo. Nous sommes prévenus, et devons le récupérer en pleine nuit. Ce soir-là, sa bonne étoile a veillé sur lui, tant les dangers au bord d'une nationale en pleine forêt sont importants, sangliers, chevreuils et camions à toute vitesse…

Cela vient s'ajouter aux autres bêtises dignes d'un adolescent qui cherche ses marques, ses repères…

Le mois de novembre défile, avec encore son lot de surprises.

Décidément, Lacanau n'est pas pour nous, me répète Jean Michel avec un esprit très observateur. C'est vrai que vu de l'extérieur, notre quotidien doit paraître bien rocambolesque et compliqué… Il me répète à nouveau, que pour lui notre vie n'est pas ici, qu'il faut qu'on parte, pas possible d'en cumuler autant…

À nouveau la même question « mais pourquoi Nathalie es-tu venue vivre ici ? »

La même réponse « un rêve de vivre à l'océan, une expérience de vie en famille et un projet professionnel, une envie de vivre à fond sa vie selon ses rêves, profiter et tenter l'expérience avec ses côtés positifs mais aussi son lot de surprises et déconvenues ».

Un bilan que nous ferons bientôt qui sera très mitigé.

Partagé de moments véritablement merveilleux passés en famille, dans un environnement privilégié, de paysages diversifiés, de levers et couchers de soleil éblouissants, et de moments de grand stress, doutes, d'angoisses insurmontables, où l'on se sent bien seul face à notre destin et face au monde.

Ici, nous n'aurons malheureusement pas fait beaucoup de connaissances et d'amis.

Nous avons pu compter sur Nathalie, ma prof de Pilates, où nos discussions et nos rencontres sont toujours extrêmement riches et spirituelles. Julie, ma super masseuse, les parents de la petite Julia, et Jean Michel, notre kiné.

Voilà les liens qui me resteront de Lacanau.

En un an et demi, c'est bien peu. Peut-être que le contexte économique n'était pas favorable, ou le timing pas bon, mais socialement cette expérience est compliquée.

Décembre est là. Plus qu'un tout petit mois avant de déménager.

Ce ne sera pas le mois le plus calme bien au contraire, mais le plus motivant…

Philippe reprend le travail pour deux semaines car il souhaite terminer au mieux son projet, transmettre ces dossiers à son successeur sur le projet afin de leur permettre de poursuivre l'activité au mieux.

Le cœur lourd, il s'y rend chaque jour, comptant les jours qui le séparent de la fin de son contrat. La fin de toute une carrière de plus de vingt ans, qu'il a menée avec toujours autant de sérieux, d'implication et de cœur à l'ouvrage. Un chef de projet très impliqué et à l'écoute de ses équipes, Philippe est toujours très apprécié, il laisse un vide dans leur société, mais cela permet à ses collègues de développer leurs compétences pour poursuivre le projet et honorer le travail effectué.

Un mélange de sensation de cette liberté qui va pointer le bout de son nez, mais aussi une grande nostalgie, pas si facile à gérer émotionnellement. À l'évidence, une grande page de sa vie est sur le point de se tourner.

Et moi je consacre ces dernières journées, pour soigner véritablement mon bras. Entre mes séances de kiné et les visites chez les spécialistes, je mets tout de mon côté pour que ça évolue positivement.

C'est sans compter, là aussi, la malchance de rencontres avec des thérapeutes complètement irresponsables. En effet, sous conseil d'un nouveau médecin, qui me prescrit des ondes de choc afin de venir à bout de mes douleurs. C'est alors un véritable calvaire, je crois m'évanouir tellement la douleur est insupportable. Une technique complètement inadaptée à ma pathologie et des soins réalisés dans un contexte inapproprié au possible. Le résultat est catastrophique. Cela me plonge dans une lutte entre médecins afin de comprendre ce qui a été pratiqué sur mon bras et savoir qui a tort ou raison…

Je décide donc de dénoncer ces pratiques à l'ordre des médecins et kinés tellement l'acte a été tout sauf professionnel et comme seule ligne de conduite de ces deux praticiens a été le business encore et toujours. Un véritable business médical a été dénoncé. Même si cette situation ne me plaît pas, je ne peux pas laisser faire cela à d'autres personnes et surtout ne pas subir de tels actes.

Dégoûtée de tous ces pratiques et soins, seul Jean Michel poursuit son traitement avec des pratiques douces et plus appropriées.

Fort heureusement, la secrétaire de ce cabinet de kiné, lors de ma demande de rendez-vous trois mois auparavant, m'a aiguillée vers Jean Michel, car lui seul de tout ce cabinet a su me soigner convenablement avec un professionnalisme sans faille et un sérieux exemplaire.

Tous les autres, n'ont que pour seul objectif, le business au détriment de la qualité des soins et des patients. Un bien triste constat est établi, et j'en ai fait les frais à mes dépens.

Comme si on n'en avait pas eu assez des soucis cette année…

Heureusement que nos balades sont ressourçantes et enrichissantes.

Chaque matin en partant pour l'école, nous faisons un détour par la baie de Carreyre, où de merveilleux levers de soleil nous éblouissent de beauté. En cette saison, ce sont les plus majestueux. La baie se transforme en un lieu si magique, une explosion de couleurs allant du rouge, à l'orange, au jaune. Indescriptible tellement c'est d'une beauté époustouflante. D'ailleurs, la photo de couverture de ce livre a été prise un de ces matins.

Quelques brins de nostalgie me parcourent bien souvent, mélancolie et regret de ce rêve qui n'aura pas été réalisé totalement. Mais la vie en a décidé ainsi. Notre place n'est pas ici. Certainement, de nouvelles aventures bien meilleures nous attendent ailleurs. Nous avons confiance en la vie, en l'avenir. La foi encore et toujours.

L'école prend également des airs de vacances. Les enfants partent en balade sur la plage dès que le temps le permet, où ils mettent en pratique les mathématiques en pratiquant les mesures de largeur et longueur de la plage.

La sortie des classes à seize heures est synonyme de promenade sur la plage et de goûter plutôt gourmand, avec les crêpes et gaufres vendues dans les snacks du bord de mer.

Ces instants sont si doux et légers et l'on savoure la moindre occasion car on sait que bientôt tout cela sera terminé. On ne reviendra que durant les vacances scolaires.

Un soir, Théo nous fait la surprise d'arriver plus tôt que prévu sans nous prévenir. Quelle joie lorsqu'il entre dans la maison !

Nous fêtons ses dix-huit ans ce soir-là. Tous les six comme il se doit. Simplement mais si convivial et joyeux... Instants de partages qui deviendront dans moins d'un mois notre quotidien.

Nous passons ce beau week-end à faire de belles balades en forêt à la cueillette de champignons, et ensuite Philippe et les garçons partent faire une balade en VTT ou ils ont l'agréable surprise d'y découvrir de véritables pistes de DH (VTT de descente). Un bonheur pour Lohan et Thomas.

Et puis un beau jour, une merveilleuse découverte...

Une des plus belles de tout notre séjour, du moins à mes yeux.

Par le plus grand des hasards, je découvre sur internet un lieu si secret, isolé du monde, et à deux pas de mes balades quotidiennes de Carreyre, le petit Sanctuaire de Notre Dame du Moutchic.

Un véritable havre de paix, un jardin d'Eden, où prône la statue de la vierge Marie dans une petite grotte construite au beau milieu de la lisière de la forêt et des mimosas. Un sanctuaire où se dégage une atmosphère si maternante si emplie de sérénité.

J'ai tellement besoin d'un tel lieu. Un lieu de ressourcement à tout juste un kilomètre de notre maison. J'y suis passé tout près au moins deux fois par semaine durant toute notre aventure océane sans jamais le trouver… comment est-ce possible ? Passer tout prêt d'un tel joyau sans jamais le découvrir…

Au lieu de là, j'allais me ressourcer sur le ponton en bois au milieu de la baie où j'avais la sensation de flotter au milieu du lac, isolée du monde…

Les dernières semaines, passées à Lacanau, sont ponctuées par mes visites très régulières à ce petit sanctuaire.

Lieu de ressourcement, de prières, de méditation en pleine nature, un idéal pour moi.

J'y passe de longs moments à me poser, à écouter le bruit des oiseaux, à observer le mouvement du vent dans les pins… un apaisement pour le corps et l'esprit.

Ce lieu si secret et plein de magie, dont j'ai partagé l'existence avec Jean Michel, comme un dernier partage avant notre départ. Car je sais pertinemment que lui aussi a besoin d'un tel lieu de ressourcement, et qu'il en tirera les bienfaits.

C'est comme une évidence que je lui livre l'existence de Notre Dame du Moutchic, dont il n'a pas la connaissance jusque-là.

Thomas vient même avec moi, lors de ces journées de repos. Car les dernières semaines, il effectue un stage dans un magasin de location de vélos, comme une dernière expérience à Lacanau. Un lieu bien adapté pour lui, le domaine du sport qui lui correspond totalement.

On a l'agréable surprise, de l'annonce de son acceptation dans le lycée de son choix à Albi à partir de janvier. Cela crée une véritable opportunité pour Thomas, car il va pouvoir poursuivre sa formation, et dans un lycée proche de chez nous.

Comme derniers instants passés là-bas, Thomas profite des joies de la plage le midi et fait de belles balades à vélo les jours de repos.

On profite des couchers de soleil hivernaux qui offrent de belles couleurs qui se reflètent dans les vagues qui viennent s'échouer avec violence sur les rochers. Les marées toujours aussi violentes aussi déstabilisantes, non on ne s'y habitue pas… mais cela est devenu un quotidien bien pénible à vivre… l'océan et sa vitalité…

Comme un dernier hommage à ce merveilleux sanctuaire, je décide de venir y déposer une belle bougie bleue le jour du huit décembre, fête des Lumières, fête de l'Immaculée Conception.

Comme pour rendre grâce de l'année passée, et de tout le soutien que l'on a reçu. Rendre grâce et invoquer mon immense gratitude.

Comme une coïncidence, ce jour-là nous y croisons Jean Michel, qui vient lui aussi s'y ressourcer.

Je sais à cet instant que j'ai bien fait de lui partager ce lieu. Il s'y rendra et pourra en recevoir les bénédictions qu'il recherche. Effectivement, en pleine création d'un cabinet de kiné dans une ville un peu plus excentrée, il a bien besoin de soutien et de courage lui aussi.

Comme une mission réalisée, je suis soulagée d'avoir partagé ce lieu à bon escient.

Ce sanctuaire restera mon petit coin de paix, où j'y puise courage et force pour préparer le déménagement.

À la maison, les cartons commencent à s'empiler, je vends les meubles, les plantes, tout ce qui aurait fait doublon à la maison. J'offre même des vêtements et jouets autour de moi.

L'objectif est de remporter que l'essentiel à Senouillac.

C'est fastidieux et long, car même en un an et demi on en accumule des affaires à six personnes.

C'est là que l'on prend conscience de tout ce que l'on possède et de ce qui est véritablement essentiel…

Et arrive petit à petit les moments que l'on n'aime pas vraiment. Les derniers jours…

Le dernier matin d'école, je dépose les enfants, et vais faire ma dernière balade sur la plage seule. Avec un merveilleux soleil, je balaye la plage du nord au sud, pour enfin m'arrêter et me déposer sur un bout de bois flotté. Comme seule au monde j'en profite pour respirer cet air si pur, pour faire un bilan de cette aventure.

Et puis je prends mon téléphone, et appelle Nathalie ma prof de Pilates. Faut que je lui parle avant de partir. Besoin de poursuivre notre lien si particulier et si riche. Une véritable amitié s'est créée. De discussions d'avenir, de projets je lui révèle à elle aussi l'existence de Notre Dame du Moutchic. Elle qui vit ici depuis plus de vingt ans et qui n'en connaît pas non plus l'existence. Elle reçoit cela comme un cadeau, un véritable trésor ; Elle me remercie, et on se fait la promesse de garder contact et de se retrouver dès que je reviendrai à Lacanau.

Dernier jour d'école où l'on doit dire au revoir aux copains et copines, aux professeurs pour sonner la fin d'une période de vie.

Les au revoir, des connaissances, aux habitudes de trajets quotidiens, de balades.

Au revoir aux lieux tant aimés, au revoir à l'océan…

Car on tombe vite amoureux, trop vite amoureux de l'océan.

Une réelle présence, une précieuse aide, un lieu si libérateur et tellement apaisant…

Je pense bien que si j'ai réussi à faire face à cette année hors du commun c'est bien grâce à l'océan. Lorsque rien n'allait, j'allais à l'océan, face aux vagues, cet immense calme qui m'apaisait. Je lui livrai mes tourments en écrivant sur le sable mes soucis et les vagues venaient les emporter au loin… Tout un symbole pour moi mais si libérateur en somme…

Toute une symbolique qui me reboostait pour affronter la nouvelle vague que j'allais devoir traverser, je crois que j'aurais dû en profiter pour apprendre à surfer, ici où je passais de si longs moments à regarder les surfeurs glisser sur ces énormes vagues, cela m'émerveillait et m'apaisait… plus tard peut être… Là, je tentais tout juste de surfer à ma façon pour ne pas couler…

Car oui on en a passé des vagues, des tsunamis d'émotions en tout genre. Une année où furent concentrés les soucis comme nous n'en avons jamais traversé de toute notre vie.

Anecdotes ou soucis, je les racontais toujours à Julie et Jean Michel, et même parfois ça nous faisait rire tellement c'était grotesque, voire pathétique, les aventures que je rencontrais… Ils étaient sans appel, fallait que je fuie Lacanau, ce n'était plus pour moi, pour nous…

Je pense que de réentendre ces vérités me réconfortait et m'aidait à terminer cette aventure.

C'est le cœur lourd que je terminai cette dernière journée. Ce soir-là, dans ma tête tout s'emmêle un peu, entre l'énorme étape du déménagement qui est imminent vers notre nouveau départ et l'envie de prolonger quelques instants encore ici, tout près de l'océan… ce n'est pas très confortable. Mais je sens tout au fond de mon cœur que la vie m'appelle désormais ailleurs, vers nos racines.

Je n'aime jamais les au revoir. Même si l'on sait que l'on gardera des liens avec les personnes que l'on a appréciées, mais ne plus les voir au quotidien n'est pas évident. On se rencontre, on avance ensemble, on s'entraide et puis on avance, chacun de son côté, c'est la vie… On se dit à ces moments-là que c'est dommage que l'on ne se soit pas rencontrés avant, mais ce n'est que le début de nos amitiés et la vie réserve toujours de belles surprises.

Car les connaissances, les vrais sont essentiels dans la vie, car si à une période, ces personnes nous ont permis d'avancer, il est important de garder ensuite le contact.

La veille de notre départ, je vais rendre une dernière visite à Julie. Un bon massage pour délier toutes les tensions avant le grand nouveau départ et les vacances de Noël en famille.

Comme une évidence, nous parlons de notre première rencontre et cette dernière qui fera partie de l'aventure. Julie a été la première personne que j'ai rencontrée à Lacanau avec qui le contact et la magie ont opéré, et ce sera la dernière aussi, puisque le lendemain nous partons.

On partage un merveilleux moment, où elle me fait découvrir ces bols tibétains et les sons si envoûtants qui en sortent pour venir nous apaiser corps et esprit. Moment empli de synchronicités où je lui dévoile à elle aussi l'existence du petit sanctuaire. Elle ne le connaît pas non plus. Décidément, ce lieu est un véritable trésor, un secret que l'on ne transmet qu'à ses véritables amis comme un cadeau d'adieu…

Elle me promet de m'envoyer une photo du lieu lorsque les mimosas seront en fleurs.

Cet au revoir est rempli de projets pour nos futures retrouvailles et nos futurs partages.

L'impression réelle qu'il y aura désormais un après-Lacanau. Que la vie nous réserve encore de beaux moments ici.

Des amitiés, des échanges riches et constructifs. Bien peu mais si riches. Comme me disait Mi Saux, *dans la vie les vrais amis, se comptent sur les doigts d'une main.* Cela est bien réel et encore une fois cela s'est avéré si vrai…

Ce soir-là, je me couche, avec une véritable vague à l'âme, un film de notre aventure canaulaise défile devant mes yeux, et j'en ai même des vertiges.

Avons-nous pris la bonne décision ? Ne sommes-nous pas en train de commettre la pire erreur de notre vie ? Et si nous étions restés un peu plus longtemps peut-être aurions-nous réussi à trouver un équilibre entre vie professionnelle et vie au bord de l'océan ?

J'ai véritablement besoin d'être conforté dans notre décision, d'être rassurée… je suis trop perturbée émotionnellement. Les enfants sont tristes de partir et de ne plus voir leurs amis, les adieux ont été difficiles pour eux, et d'envisager leur nouvelle école est source d'anxiété. Thomas a dû quitter son amie, avec l'espoir d'un retour proche pour les prochaines vacances, un moment déchirant pour lui comme pour moi qui suis si sensible aux états d'âme de mes enfants. Philippe lui a tourné la page de vingt-trois années de carrière vers un univers totalement nouveau, quitté ses collègues sans même pu faire un pot de départ à cause de cette crise sanitaire… et moi je tente de tenir pour le bien de tous, retenir mes larmes pour ne pas m'effondrer et leur donner le doute…

J'envoie un message à Monique, pour lui dire que je me sens très partagée et que la mélancolie a pointé son nez. J'ai réellement besoin de ce petit signe de la vie qui va me rassurer et me guider. Elle me répond que la vie sera super chez nous et tout ira mieux. Que je dois faire confiance en la vie, et qu'au milieu de nos vignes tout s'arrangera. De si petits mots qui me procurent le courage et la force pour décider de terminer ce déménagement, et l'espoir d'une vie plus équilibrée auprès de notre famille. Parfois les amis, savent bien mieux que nous ce dont on a besoin d'entendre, un murmure qui vient nous rappeler l'essentiel, ce que l'on sait bien au fond de nous, mais que souvent le doute emporte…

Car changer de vie, c'est loin d'être simple, dans l'absolu c'est un retour aux sources, donc au connu, mais dans la pratique c'est tout réinventer, une remise à zéro, avec une bonne dose de résilience et de foi en l'avenir.

Crois aux petits miracles quotidiens et sois attentif aux coïncidences car il y a en elles des messages cachés qui peuvent te guider sur le bon chemin.

Alejandro Jodorowsky

Nous voilà arrivés au vingt-deux décembre, jour du grand départ de Lacanau.

Pour la première fois depuis un an et demi nous allons repartir avec nos deux voitures. Signe d'un aller sans retour.

Voitures chargées, c'est le cœur partagé que le départ sonne.

La boule au ventre, quelques larmes sur mes joues, la sensation d'un rêve inachevé, et de l'autre côté des étoiles pleins les yeux à l'idée de ce changement de vie et de tout ce que l'on va pouvoir désormais créer.

Alors on peut l'affirmer, Lacanau oui mais pour les vacances.

Ici, ça aura été « jamais comme ailleurs », c'est bien réel. Lacanau porte bien son slogan à nos yeux.

Mélange de merveilleux paysages, de découvertes dignes d'un petit coin de paradis, et le revers qui va malheureusement avec, dont les relations humaines, le manque de simplicité et de vraies valeurs.

Ce départ marque la fin de cette aventure, et le début d'une autre.

Noël se déroule sous les meilleurs hospices. De vraies retrouvailles avec notre famille et surtout notre Théo.

On se retrouve enfin tous les six dans notre maison et je pense que c'est l'un des Noëls les plus magiques. Simple, authentique, rempli d'amour et de partages.

Ce n'est que pour quatre jours que nous y sommes car nous devons repartir à Lacanau avec Philippe pour rendre la maison, faire le ménage.

Quatre jours que nous passons sous la pluie, pour venir marquer la fin de cette aventure.

Et là, je sens vraiment au fond de moi que c'est le bon moment, que l'on est arrivés au bout de l'expérience de tout ce que l'on avait à vivre ici.

Un dernier détour par notre Dame du Moutchic et nous voilà partis pour retrouver nos enfants, notre maison, nos vignes pour écrire un nouveau chapitre de notre vie.

Certes, l'océan va nous manquer au quotidien c'est indéniable, mais on se promet d'y revenir régulièrement pour cette fois le vivre en vacances en lieu de ressourcement.

L'année 2020 touche à sa fin, avec son lot de surprises, de divers soucis, nous avons traversé ensemble la maladie, le changement professionnel, la séparation avec Théo, au milieu d'un quotidien bien chahuté.

De repères chamboulés, qui nous ont mis à l'épreuve, mais qu'on puisse dire maintenant que ce qui nous a bien fait grandir à tous et évoluer pour notre bien et nous permettre de prendre conscience de l'essentiel de la vie.

Voilà notre boussole et notre vie, notre famille. Nous six.

Écoute, bienveillance, respect, amour et partage, nos maîtres mots pour l'avenir et l'année qui va débuter.

2021 sonne comme un vent de renouveau.

Objectifs pour tous, espérance de jours meilleurs.

Le point positif est que nous avons réussi à revenir chez nous, dans nos terres, nos racines.

Maintenant, nous allons prendre le temps de tout mettre en place pour le meilleur de tous.

Ne rien précipiter mais avancer sereinement et calmement, un pas après l'autre.

Cela résonne comme un hymne à la vie, où l'on recommence un nouveau départ.

Terminés les déplacements professionnels pour Philippe, les cent soixante kilomètres par jour, les embouteillages, les heures sans compter, les ordres de toutes parts, la pression en continu…

Ce changement pour lui représente plus d'autonomie, de liberté mais surtout d'être maître de sa vie, son emploi du temps et ses objectifs. Ne plus dépendre de tout un environnement, pour avancer et réaliser son activité.

Parfois, nos vies ont besoin d'être complètement chamboulées, changées et réorganisées pour nous replacer à l'endroit où nous sommes censés être.

Une année pour tout changer…

Une année entière, pour se former, créer son entreprise, trouver ses clients et s'épanouir.

Début janvier, les enfants découvrent leur nouvelle école. Tout recommence.

Nouveaux locaux, nouvelles maîtresses, nouveaux copains.

Pour Robin, l'intégration se fait très rapidement. Lohan également puisque quelques jours plus tard il fête ses onze ans à la maison avec ses nouveaux camarades.

Thomas intègre son nouveau lycée professionnel avec un ami d'enfance. Nous sommes donc moins en terrain inconnu.

Tout semble enfin aller au mieux pour tous.

Philippe profite de ce nouveau départ pour passer beaucoup de temps à se renseigner pour la création d'entreprise.

Étape très enrichissante, lui permettant de rencontrer de nombreux professionnels, comptables, juristes, banquiers, assureurs, chambre du commerce et chambre des métiers et de l'artisanat.

Le parcours du jeune créateur d'entreprise est passionnant avec à la clé un beau projet professionnel à mettre en place pour fin 2021. Voilà l'objectif premier, nouveau challenge professionnel.

Parallèlement, il s'inscrit à de nombreuses formations pour développer ses connaissances dans son nouveau métier, et pour débuter son activité.

L'hiver est bien là dans notre campagne. Nous avons même un matin la surprise de nous réveiller et découvrir un léger manteau neigeux. C'est si pur, si éclatant de lumière. La neige c'est magique, surtout chez nous, elle est exceptionnelle.

Signe de nouveau départ, car la dernière fois qu'il avait neigé c'était en janvier 2013, le jour où je débutais ma formation de bougies avec Valérie.

La lumière vient éclairer enfin nos projets.

La fatigue commence à pointer son nez de mon côté. Un gros relâchement de tout ce stress et fatigue accumulée ces derniers mois. C'est bien compréhensible et prévisible vu toute l'énergie que j'ai donnée afin que tout se passe au mieux pour tous aussi rapidement.

Je recommence à me balader au calme dans les vignes, et je m'aperçois à nouveau que c'est la seule chose qui m'apaise réellement. Le calme et la nature. Voilà les clés de mon bien être et de mon équilibre.

Je vais quotidiennement me ressourcer à « mon chêne » où j'y puise toute mon énergie. Y rester assise et écouter le chant des oiseaux et observer la beauté de la nature, renouvelée chaque jour. Ces instants sont si précieux, presque vitaux. Même par une journée où les activités sont nombreuses, je vais toujours prendre dix minutes pour ce rituel si nécessaire. Un moment bien à moi.

Ce chêne qui devient rapidement mon arbre à soucis… Devant lui, je viens déposer mes soucis, mes problèmes, mes questionnements, mes larmes… et lorsque je repars, je suis renouvelée et prête à faire de nouvelles découvertes ou à traverser une nouvelle étape de ma vie.

Il remplace petit à petit, mon lieu de ressourcement canaulais, avec le ponton et le sanctuaire. Ce lieu me manque, et c'est une petite photo envoyée par Julie, qui me replonge en plein dedans. Une photo du sanctuaire entouré de mimosas fleuris, comme elle me l'avait promis, elle me l'envoie comme un clin d'œil de sa balade dans ce lieu si béni.

Nous retrouvons petit à petit les membres de notre famille, les amis. C'est léger et prémisse de beaux moments à venir. Un avenir bien plus doux et tranquille… Nous avons fait le bon choix de rentrer chez nous, notre vie est ici. Tout paraît bien plus simple.

Tout va vers un avenir porteur d'espoir et de bonheur pour chacun de nous six.

Si ce n'est cette terrible tragédie qui vient frapper toute notre famille, ce vingt-six janvier 2021.

Lorsque le téléphone sonne ce soir-là et vu le ton de voix de ma mère, je comprends que quelque chose d'extrêmement grave vient d'arriver. Un énorme frisson parcourt tout mon corps comme pour m'avertir de ce qu'il allait m'être annoncé.

Les mots résonnent encore dans ma tête tel un tambour « Sandra est morte ».

Trois mots inaudibles qui font que tout bascule. Impossible à croire mais surtout à annoncer.

La réaction de Théo est bien démonstratrice de ce que Sandra représente pour lui « Tout mais pas Sandra ».

Nous sommes tous plongés dans un véritable choc. Énorme choc psychologique.

Comment était-ce possible que Sandra ne soit plus là ? mais pourquoi elle…

Comment à seulement trente-huit ans on peut partir aussi vite, aussi tragiquement. Les circonstances de son décès, bien floues au départ, nous laissent dans un désarroi total.

Ma cousine chérie, unies comme deux sœurs depuis l'enfance, marraine de notre Théo et tatie des trois petits, mais comment est-ce possible que Sandra nous quitte ?

Elle qui a déjà été si courageuse toute sa vie avec son énorme handicap physique. Une injustice impossible à entendre.

Une fois le choc passé, nous nous retrouvons tous les six devant la lueur de bougies allumées, à implorer Dieu, les Saints et nos proches disparus, de bien vouloir l'accueillir dans la lumière et de garder son âme si pure en paix.

Un véritable autel prit place ce soir-là dans notre salon.

Sandra, ma Sandra, ma chérie, ne peut qu'être baignée de lumière, et entourée des anges gardiens.

Cette tragédie plonge Théo dans un désarroi, il est perdu, inconsolable. Elle qui le considérait comme son propre fils, car elle n'avait pas eu la joie d'accueillir d'enfants dans son foyer. Ce sentiment était bien réciproque. Pour Théo, sa marraine représentait beaucoup depuis tout petit. Elle était toujours présente aux grands moments de la vie.

C'est à elle que nous avions annoncé en premier, la grossesse de Théo, à sa marraine. Théo l'avait même accompagné durant le cortège à son mariage en calèche. Il lui avait tenu du haut de ses trois ans sa magnifique traîne de robe de mariée…

Elle était présente lors de ses premiers pas et à toutes ces premières expériences. Toujours fière de lui, elle ne perdait aucun moment de sa vie. Toujours la première à lui souhaiter son anniversaire et à demander ce que maman lui avait préparé à manger…

Oh oui, ma Sandra, une marraine, une tatie exemplaire.

La vie a décidé de nous la prendre, pour une vie peut-être meilleure pour elle, plus douce, et un peu moins invalidante, ça nous l'espérons tous.

Elle nous laisse Yannick, son mari, et nous devrons veiller sur lui. Thomas, son filleul, prendra la mission très au sérieux et à cœur. La famille, c'est sacré, et de tels liens sont indestructibles.

Ses obsèques sont belles, un véritable hommage, rempli d'amour, de douceur et de gratitude envers toute l'implication que Sandra avait réalisée dans notre village.

Et moi dans tout ce drame, j'ai perdu ma sœur. Unies par la vie, unies par nos ressemblances physiques qui étaient si frappantes, unies par le cœur.

Elle laissera un grand vide en moi, mais surtout une terrible envie de me battre, d'être aussi courageuse que ce qu'elle fut afin de continuer ce qu'elle n'a pas pu vivre, car il en fallait un sacré courage et une dose de résilience pour avancer dans la vie avec sa maladie.

Alors oui, pour Sandra, je me relève et allume cette petite flamme qu'elle aurait aimé que je transmette.

C'est entouré de bougies que je viendrai lui rendre mon plus bel hommage et que prierai pour sa belle âme trouve enfin la paix auprès de son papa chéri.

Ma chérie, pour toujours dans mon cœur, dans nos cœurs. Ta Thalie ne t'oubliera jamais.

À ce moment, les larmes cessent de couler, car pour Sandra seule la lumière compte.

C'est tous unis que nous la confions à la Vierge Marie, et que de là-haut son étoile brille et nous éclaire.

Comme un dernier hommage à sa marraine chérie, c'est le matin de ses obsèques, que Théo à la plus grande surprise de nous tous, est reçu à l'examen du permis de conduire.

Sandra l'aura accompagné jusqu'à cette étape si symbolique dans sa vie, son autonomie.

Un geste me touchera au plus haut point est celui de Nathalie, mon amie de Lacanau. À l'annonce de cette triste nouvelle, elle va se recueillir devant notre dame du Moutchic et y déposer un bouquet de mimosas pour prier pour toute notre famille. Ce lieu si cher à mon cœur, où je ne pouvais me rendre à cet instant, est témoin de notre souffrance et notre désespoir. Un geste rempli de douceur et de compassion que je reçois comme une véritable précieuse aide. C'est à travers une courte vidéo qu'elle m'envoie tout le soutien et le courage que j'ai besoin pour traverser cette épreuve. Merci Nathalie, ce geste est gravé dans ma mémoire.

Les semaines suivantes sont éprouvantes pour nous tous.

Du choc, on passe à une grande tristesse, puis au manque et ensuite à l'acceptation.

Sandra n'est plus là et nous devons pour Yannick, être un soutien, et pour nos enfants avancer pour leur donner du courage mais surtout la foi en la vie, car tout passe. Même dans les pires moments, la vie continue et l'appel de la vie est toujours là.

C'est après tous ces douloureux moments que l'on ressent le besoin vital de prendre l'air, de s'éloigner de ce quotidien bien noir.

Nous décidons de faire un break, et de retourner quelques jours tous les six à l'océan. Cela nous permettra de respirer, de retrouver les amis d'école et de passer quelques moments en famille si nécessaires et si importants.

Nous ne partons que le dimanche, car le samedi nous avons une messe pour Sandra.

Ce quatorze février, c'est Théo qui nous conduit à Lacanau. Tout jeune conducteur, ce trajet lui permet de se familiariser avec la conduite sur autoroute, rocade bordelaise. Une expérience nécessaire pour lui afin de lui permettre de prendre plus confiance au volant.

Nous décidons de retrouver nos petits endroits favoris dans ces lieux bien familiers.

Dès notre arrivée, l'odeur envoûtante des mimosas nous accueille. Le mois de février à Lacanau est pour moi le plus beau. Ces mimosas parent d'or tous les paysages et mettent de la magie partout. Ça sent si bon, c'est si beau.

Nous nous rendons à Notre Dame du Moutchic tous les six afin de prier pour Sandra. Nos intentions y sont déposées et cela nous apporte de l'apaisement. Je peux enfin m'y rendre et y retrouver un peu de magie, de douceur et de sérénité. Ce lieu toujours aussi magique me remplit de joie et j'y retrouve un peu de lumière.

Nous profitons de ce début de séjour, pour faire des activités que nous n'avons pas faites durant l'année passée à Lacanau, du golf…

Cela confirme bien que l'on profite bien plus lorsque nous sommes en vacances que lorsque nous sommes au quotidien. Dans la vie, avec le flot quotidien d'activités, nous ne nous permettons pas suffisamment de profiter des loisirs et de découvrir les lieux. On connaît bien souvent bien mieux d'autres régions que la nôtre d'origine… et c'est bien dommage.

Nous voilà déjà le mardi matin. Philippe raccompagne Théo à la gare de Bordeaux, car il doit rentrer pour passer un entretien pour son stage de fin d'année scolaire le lendemain.

Théo aura passé deux jours avec nous, et les moments partagés ont été très riches, ressourçants et sympathiques.

Pendant ce temps avec Lohan et Robin, nous allons à pied à notre lieu si magique. La baie de Carreyre pour profiter de la beauté du paysage en cette matinée ensoleillée, donner à manger aux cygnes, mais surtout rejoindre Nathalie, comme nous l'avions prévu, à notre petit lieu tenu si secret, le sanctuaire de Notre Dame du Moutchic.

Lieu symbolique pour nos retrouvailles, on s'était promis à notre départ d'y retourner ensemble.

L'instant est très agréable, rempli de joies de ses retrouvailles, de rires et de partages toujours aussi riches. Avec Nathalie, les discussions sont toujours basées sur nos centres d'intérêt et sur beaucoup de spiritualité… Elle m'évoque que pour se libérer, elle trouve en l'écriture bien souvent une précieuse aide. Chose que moi je n'ai jamais faite. Moi je lui confie être plutôt créative, avec diverses tentatives de peinture, sculpture, couture. Toutes ces activités nous permettent de rendre la vie plus douce et passionnante.

Et si cette discussion, basée sur l'écriture, était un signe déposé là comme ça… Une idée à peut-être reprendre plus tard lorsque le moment serait le plus opportun ou lorsque je serais prête à écrire.

C'était sans compter le calme qu'a perdu le lieu. Notre discussion est en permanence interrompue par le bruit assourdissant des machines qui sont en train d'abattre les pins tout autour de nous. Effectivement, le site va accueillir un projet de réalisation de grande envergure avec un pôle médical.

À cet instant, je comprends que cet endroit a perdu une grande partie de sa magie et de son charme.

Cet endroit qui a été mon lieu de ressourcement devenait un lieu où le calme et la sérénité disparaissaient à petit feu.

C'est le cœur lourd que je quitte le sanctuaire pour poursuivre notre balade au bord du lac, avec l'intime conviction au plus profond de mon cœur, que je devrai trouver un autre lieu, encore plus magique et surtout beaucoup plus calme, plus isolé. Car oui, pour me ressourcer réellement, j'ai besoin du plus grand calme, nécessaire à la prière et au recueillement.

Un lieu cette fois, à côté de chez nous, ce qui me permettrait de m'y rendre régulièrement chaque fois que je ressentirais le besoin de déposer un trop lourd fardeau, un besoin de communiquer avec le divin. Un lieu recherché, attendu, rêvé, ce dont j'avais terriblement besoin de plus en plus, comme un appel du plus profond de mon âme, pour venir me ressourcer.

Nous avons aussi prévu de profiter de cette semaine, pour revoir les amis d'école, ainsi que Nathalie et Julie.

Mais petit à petit, tout s'annule. C'est très étrange…

Julie me contacte pour annuler notre rendez-vous car elle est terriblement malade, un virus probablement qui l'immobilise chez elle. Impossible même de se voir, car le virus n'est pas déterminé et donc peut être contagieux, et vu la crise sanitaire du Covid installée, chaque cas suspect est isolé par précautions… quel dommage, on aurait tant aimé rediscuter et revivre nos instants magiques de partage.

Et Lohan doit retrouver ses amis le jeudi et vendredi pour faire des balades à vélo dans la forêt et se retrouver autour d'un goûter.

Comme une évidence, tout petit à petit se décale voire s'annule. Quel présage ou simple coïncidence ?

Quand tout à coup le téléphone sonne. C'est Théo. Je me dis en moi-même qu'il appelle pour nous dire qu'il est bien rentré à la maison.

Et là, Philippe se met à dire « Non, mais ce n'est pas possible, calme toi Théo, je ne comprends rien… quoi cambriolés… mais tu es où là ? »

Il met le haut-parleur et au son de la voix de Théo je peux percevoir sa détresse et son affolement. Il crie, on ne comprend pas tout, mais l'essentiel est dit. Notre maison a été vandalisée, et pour Théo tout est cassé, la maison, les garages, tout…

En rentrant chez nous, il découvre une terrible chose, on vient de se faire cambrioler.

Mais à quand la fin des soucis ? Nous allions avoir besoin d'une grosse dose de résilience encore une fois. Ce n'était que juste matériel… on relativise à force…

Lorsque j'annonce cette nouvelle, à ma Monique, elle en tombe sur sa chaise. Encore un souci à gérer, mais pourquoi nous devions faire face à autant d'épreuves ? Elle n'y croit pas.

Me voilà en train d'appeler la gendarmerie pour raconter les faits et surtout leur demander de se rendre sur place afin de soutenir Théo, seul à ce moment-là.

Pauvre Théo qui découvre ce tableau effroyable… On lui a tout volé, tout ce qu'il avait, tout ce pourquoi il avait travaillé depuis des années pour se payer, sa moto cross, son vélo, ces équipements, ses affaires, son matériel informatique. Sa chambre a été retournée, tout était pillé. La maison et le garage dépouillés.

Une triste découverte l'accueille à son retour de Lacanau.

Pour nous, ça sonne la fin des vacances. Deux jours juste deux petits jours pour tenter de souffler…

Le lendemain, nous voilà de retour chez nous, à découvrir notre maison sens dessus dessous, tout a été retourné et fouillé. La maison était remplie de traces noires partout, signe de recherche d'empreintes que la police avait effectuée. Une poudre noire déposée partout, sur les meubles, sur le sol, les portes… On aurait cru être à police scientifique… c'est effroyable. Rentrer chez soi, et trouver sa maison dans cet état.

Quelle résilience et courage nous allions tous avoir besoin.

Nous n'étions fort heureusement pas présents lors du cambriolage. La maison n'est pas abîmée, les photos familiales accrochées au mur y sont toujours et cela est tellement important pour moi… essentiel…

Nous six sommes là, ensemble, le principal, le reste n'est que matériel.

Dans ces moments-là, on ne garde que l'essentiel, même si les dommages sont conséquents, l'intérieur de notre maison n'a pas été détérioré et on peut donc y rester, elle nous accueille à nouveau. À cet instant, je crois bien exploser de colère, mes nerfs sont mis à rude épreuve, mais le soutien et l'entraide que nous avons les uns pour les autres nous permettent de traverser cette nouvelle atteinte.

Le quotidien reprend petit à petit ses droits.

Philippe débute son activité dans l'entretien paysager. Ce nouvel univers lui ouvre les portes de bien d'activités aussi variées qu'enrichissantes. En permanence en contact avec la nature, il la voit évoluer et déployer ses merveilles chaque jour. Le printemps à cette chose si magique, cette beauté à chaque année renouvelée. La nature se réveille, et notre campagne devient si fleurie, si belle à observer.

Mes balades accompagnées de Monique sont elles aussi merveilleuses. Elle me fait découvrir des lieux si proches de chez moi dont je ne connais même pas l'existence. Elle m'apporte à « la source » comme un signe de renouvellement et de nouvelle vie. Une magnifique source en pleine nature, entourée de bambous, où seul le bruit de l'eau en découle. Un lieu magique et si ressourçant, où je me rendrais également avec Lohan. Lui aussi en a bien besoin, il devient de plus en plus sensible, et je vois se refléter en lui, toute mon enfance et mon parcours pour vaincre mes angoisses et mes sensations de mal être. Une véritable complicité se met en place avec mon Lolo, pour avancer ensemble, se soutenir et surtout s'aider à traverser ces inconforts pour faire de cette hypersensibilité une véritable force de vie.

Une force nous devons en tirer, car bien souvent être si hypersensible peut être déstabilisant, mais c'est aussi un beau cadeau de la vie, il nous permet d'être bien plus à l'écoute des signes de la vie, et de créer autour de nous un monde plus doux, plus fraternel et surtout plus attentif à notre environnement.

Avancer, toujours avancer, croire en des jours meilleurs, avoir la foi en la vie plus que tout, voilà ce qui nous permet de ne pas renoncer.

Et puis après tout, ce qui ne nous tue pas nous rend plus forts.

Eh bien oui, ça nous rend beaucoup plus robustes. On sous-estime bien souvent le nombre de ressources intérieures que nous possédons. Car devant les épreuves, nous sommes capables de déployer mille ressources.

Nous avons été mis à l'épreuve en tous points, nous avons tous traversé ces vagues avec nos moyens, nos croyances et nos forces personnelles. Chacun à sa façon, chacun à son échelle mais nous avons pu avec notre soutien sans faille avancer tous ensemble.

Notre famille, nos valeurs, notre amour et la lumière que notre bonne étoile nous envoie, nous guide à chaque instant, pour faire de nos vies, un chemin de lumière et d'amour.

Oui l'Amour, encore et toujours, là est la boussole de notre vie à tous les six.

Unis pour le meilleur et pour le pire, à six, on est plus fort, plus grand mais surtout on n'est jamais seul. On se soutient, on s'épaule, on s'écoute, on se conseille et on partage tout, le bon comme le mauvais, voilà la beauté de notre vie, de ma vie et de ma famille.

Cet amour qui rend tout possible, qui a toujours été l'essence même de toute ma famille depuis des générations et qui aujourd'hui va nous aider avec Philippe à créer un avenir pour nous deux, mais aussi pour nos enfants, avec comme maître mot la transmission.

Transmettre nos savoirs, notre vécu, notre sagesse et l'amour de la vie.

Et c'est à travers nos vignes, que nous transmettons ces racines, mais aussi ces fruits si précieux, le vin, fruit de la vigne et du travail des hommes, un pur joyau, le fruit de travail transmis de génération en génération, avec toujours autant de fierté et de beauté afin de valoriser et d'embellir ce que nos ancêtres nous ont offert…

C'est devant notre abbaye Saint-Michel de Gaillac, que je peux rendre grâce et devant cette maison des vins pour accueillir ce nouveau, cette nouvelle aventure en famille au cœur de vignoble gaillacois.

Jour de la Saint-Fidèle, ce vingt-quatre avril, comme un signe, d'avoir toujours été fidèle à nos valeurs et à nos rêves.

Le livre est l'aboutissement de quarante-deux ans de ma vie.

Vécu comme un véritable accouchement de moi-même.

Il m'a été conseillé par mon acupuncteur fin mars, car pour lui, écrire serait libérateur et me permettrait de prendre conscience de l'ampleur du travail personnel que j'ai effectué face aux épreuves de la vie ces dernières années.

En effet, lors de mes consultations, je lui confie mes soucis, mes épreuves et mes ressentis, avec une telle confiance, comme je l'aurai fait avec mon Papi. De lui, se dégagent une telle sagesse et un recul sur les expériences de la vie, que j'en ressors chaque fois apaisée et pleine d'espoir. Il fut bien souvent mon soutien quand j'étais en pleine tourmente. Rien que le fait de réussir à avoir un rendez-vous rapidement, m'enlevait déjà un poids des épaules, et ensuite il faisait le reste pour apaiser mes souffrances. De sa grande sagesse, il était à l'écoute de ma grande sensibilité et avait toujours les bons mots pour me redonner du courage.

Et comme il s'amusait et aimait me dire souvent *avec vous Nathalie, on ne s'ennuie jamais. La vie est loin d'être monotone. Vous êtes capables de vivre de véritables moments de peurs et d'incertitudes pour en revenir grandie et toujours croire en la vie.*

De rebondissement en rebondissement, je décide de rendre grâce à la vie, pour les riches expériences qu'elle a mises sur mon chemin pour aller creuser au plus profond de moi et y trouver une merveilleuse richesse intérieure. Une forte résilience, une foi sans faille et de l'espoir sans limites.

Car comme me dit ma Momo : *c'est dans les pires moments que l'on découvre les meilleures pépites.*

Ne laisse jamais personne éteindre cette lueur dans tes yeux et te faire perdre ton sourire.

Fais tes choix, vis avec tes erreurs, fais face à tes peurs, laisse le passé derrière, avance sans te retourner et dis-toi que le meilleur est à venir…

Ce livre, qui au départ représente quelques lignes posées sur le papier, devient quelques semaines plus tard le récit de toute ma vie.

Je le laisse pour mes enfants, pour leur transmettre, déjà leur histoire, celle de leurs parents, et la vie de leur maman. Pour leur démontrer que dans la vie, quand on met tout son cœur à la réussite d'un projet, on le réussit. Pas si facilement, faut bien souvent traverser des tempêtes, des barrages, mais avec du courage et la persévérance on réussit.

Oui, le chemin a été long, laborieux, plein d'encombres, de rochers à sauter, mais fut ponctué de merveilleuses rencontres, de véritables amis qui sont devenus notre famille, et de signes que la vie a mis sur mon chemin pour me guider vers le meilleur, vers ce qui était bon pour moi et mon évolution personnelle.

Bien souvent au-delà de ce que je n'aurai espéré ou cru possible, mais ce signe faut l'écouter, tel qu'il arrive, car il y a toujours un message qui nous est destiné, à nous de décider ensuite quoi en retirer.

Toutes ces chansons que j'ai fredonnées m'ont libérée, car par le chant, j'ai pu exprimer mes sentiments, mes ressentis et mes envies.

Comme un dernier signe avant de terminer ce livre, cette magnifique chanson qui sera diffusée et entendue un matin en allumant ma radio *« dans le brouillard »* de Louane et Grand

Corps Malade. Elle met un point d'honneur à tout mon parcours, ma vie.

Le clip est si expressif : de l'océan, en passant par des lieux Saints, pour terminer à écrire un livre en chanson. Un hymne à la vie, à l'amour, à la joie.

Et cette chanson qui revient en boucle dans ma tête, celle *plus près des Étoiles* une reprise de Soprano, l'est tout autant porteuse de sens…

Avec toujours une envie plus forte, celle de toucher les Étoiles, de réaliser des rêves car on a tous au fond de nous besoin d'un rêve pour avancer, pour se sentir vivants, pour faire quelque chose de plus grand. Bien plus grand que nous, pousser vers les étoiles.

Emprunter un peu de lumière et revenir sur terre, plein d'espoir et de lumière à diffuser.

Rêver toujours plus haut, plus grand, plus fort.

Décoller vers l'amour et la beauté de la vie.

Ces chansons m'ont accompagné encore et toujours et me portent et me permettent de m'abandonner aux beautés de la vie.

Lâcher prise voilà le maître mot qui devra à présent être au quotidien de mes journées pour me permettre de m'ouvrir aux cadeaux de la vie et aux signes. Car si on s'autorise à tout lâcher, tout arrive comme par magie.

Je m'en suis rendu compte à quel point la vie est fragile et si belle à la fois.

Comme là aussi la douce chanson *ça vaut de l'or*. Oui, ça vaut bien de l'or, l'amour, l'amitié et tous ces petits riens, cet instant si banal pourtant si précieux qui embellissent nos journées pour y trouver à l'intérieur le petit bonheur du jour. Ce petit rien qui fait toute la différence…

Cet amour qui fait vaut de l'or, complicité, partage autour d'un simple regard, un geste, un mot, un sourire, un signe qui fait tout basculer, ça oui ça vaut de l'or…

À toi mon amour, merci de faire de ma vie un rêve éveillé. On avance, on trébuche, on tombe ensemble et encore et toujours on se relève, plus fort que jamais et prêt à nouveau pour s'émerveiller, et illuminer le cœur de nos enfants de la beauté de notre amour.

Un nouveau confinement, avril 2021, met un terme au projet de participer au salon du mariage pour cette année.

Comme pour me réinventer autour de mes bougies, comment tenir pied dans ce nouvel orage, trouver le courage de tout recommencer encore une fois.

Proposer plus de personnalisation, voire proposer des moments de partage et de convivialité. Car ce qui me transporte à travers mon métier, c'est bien le fait de partager ma passion, mon savoir-faire et tout cet univers artisanal si ancien et si peu partagé. Une vraie richesse culturelle à transmettre et surtout faire vivre…

Ce jour-là, un appel de Nathalie de Lacanau, donne un tournant, me met sur la voie pour réinventer mon métier d'une nouvelle façon… Partage, échanges et convivialité… les maîtres mots…

Alors oui, je vais le réinventer mon métier en proposant des ateliers de créations pour adultes et enfants afin de faire découvrir l'univers de Lueur Étoilée.

Cette lueur qui ne demande qu'une chose, à briller à nouveau, peu importe la manière, mais je dois trouver le courage de poursuivre différemment, mais continuer à y croire.

Le temps juste d'une pause, le projet est mis en suspens, le temps d'écrire ces quelques pages qui écriront le premier livre de ma vie. Son écriture a été une évidence. Au départ une idée qui m'a été soufflée, et puis lorsque j'ai ressenti ses papillons dans mon ventre, ces frissons qui ont parcouru tout mon corps, à l'écriture des premières phrases, m'ont délivré le message que j'étais sur la voie… la véritable voie, le chemin de ma vie, de mon éveil.

Haut combien nécessaire, ce livre, une véritable libération de tout mon être, une véritable thérapie pour dire un énorme merci à la vie.

Toute une page se tourne, vers l'espoir, et de nouvelles aspirations et surtout nouveaux choix de vie.

Basés sur le partage, l'amitié, l'amour et le lâcher-prise pour mieux profiter de chaque instant de notre belle et merveilleuse vie.

Plein de nouveaux projets occupent nos journées et nos nuits.

Projet de poursuivre la création d'entreprise pour Philippe, reprendre l'exploitation viticole familiale avec nos enfants et transmettre nos valeurs et notre courage, notre détermination et toujours la foi en la vie.

Comme un signe de la vie, les anges nous accompagnent dans ce bout de voie, pour que je puisse enfin lâcher mes appuis pour avancer. Être libre comme un oiseau qui déploie ses ailes pour s'envoler.

C'est en pleine écriture de ce livre, que je me rends au sanctuaire de Notre Dame de la Drêche, lieu si cher à mon cœur.

Au moment où je me recueille devant la statue de notre Dame de Lourdes, sous le sanctuaire auprès de la source, les cloches se mettent alors à sonner et à déployer la douce mélodie de cette célèbre chanson occitane *« Que canto »*. Cet instant est magique, où toute mon âme s'élève.

S'il chante, qu'il chante ! Ne chante pas pour moi, chante pour mamie, qui est loin de moi, sous ma fenêtre, il y a un petit oiseau, toute la nuit il chante, chante sa chanson.

Tout un symbole, une évidence que ma vie est ici…

Un simple mot mais si représentatif de mes racines…

C'est alors que la nuit suivante, je fais ce merveilleux rêve.

« Un oiseau minuscule multicolore tournait autour de moi, il était magnifique… il se déposa au creux de ma main, et à cet instant, il se transforma en une douce femme, toute petite, au sourire enchanteur ».

Seul l'arbre qui a subi les assauts du vent est vraiment vigoureux, et c'est dans cette lutte que ses racines mises à l'épreuve se fortifient.

Sénèque

Comme un clin d'œil à ma chère amie Anne, où pour mes quarante ans elle m'offre cette magnifique carte avec un arbre de vie et cette très belle et vraie citation de Sénèque. Elle résonne en moi, pour conclure mon livre aujourd'hui.

Toujours écouter les signes…

Me voilà, presque au terme de l'écriture de ce premier livre, qui commence à ma naissance et qui touche à sa fin aujourd'hui le vingt-six avril. Date due au hasard mais qui représente mon chiffre, le huit, chiffre de ma naissance, mais aussi chiffre de l'infini…

Trois mois juste après ton départ ma Sandra, une date bien significative pour nous tous.

De là-haut, nos anges, nos guides, nos proches nous envoient des signes… Ils nous murmurent de doux signes, et nous donnent du courage.

Afin de choisir le titre de mon livre je souhaitais absolument que le mot « signes » soit le maître mot. Après plusieurs réflexions, c'est un matin où j'ai entendu la chanson *Faites-moi un signe* à la radio, que j'ai su que le titre de mon livre serait alors : *Fais-moi un signe.* Ces paroles si évocatrices de ma vie et de ce livre, c'est devenu alors une évidence !

Les signes abondent, à nous de savoir les écouter, les déchiffrer et en tirer les leçons.

Aujourd'hui une nouvelle étape de ma vie, de ma liberté.

Que les signes de la vie puissent toujours me guider, me montrer mon chemin, la voie vers ce qu'il y aura de meilleur pour moi.

Tous ces petits signes sont bien souvent venus à moi à travers la musique.

Alors oui pour moi, la vie sans musique serait bien triste.

Une présence si douce, si maternante, si invisible et pourtant bien présente.

Comme un secret entre nous, ce signe me guide, qui que tu sois, un ange, une étoile, un cœur, une plume, un geste de la main, le soleil, la lune, une étincelle, une rose, un papillon, de l'infiniment petit à l'infiniment grand.

Comme une lueur venue du ciel, ce signe éclaire mes pensées et ma vie.

Ce livre arrive à point nommé. Une semaine où je suis en pleine remise en question de mon avenir professionnel.

Il est certainement le moyen que je cherchais depuis longtemps pour transmettre tout ce parcours de vie autour de moi, d'apporter de l'espoir, du courage et de la lumière pour permettre à mes lecteurs de toujours croire en la vie, et toujours écouter les signes, être attentif à la magie qui opère à chaque instant autour de nous.

Rien n'est le fruit du hasard, tout est orchestré, tout est relié, et nous sommes tous complémentaires pour faire de ce monde, un monde plus fraternel et surtout venir honorer la création et le divin chaque jour.

Ce livre, qui fut au départ une bouteille à la mer, devient en moins d'une semaine, une révélation pour moi, une évidence.

Comment n'y ai-je pas pensé avant ?

C'est lorsque j'ai commencé à ressentir ces petits papillons dans mon ventre, que j'ai su que le timing était parfait et que je devais l'écrire, ce livre, là, maintenant…

Je devais l'écrire pour moi, mais surtout pour mes quatre enfants, pour leur transmettre la foi en la vie, et c'est là où je mets un point d'honneur à remercier mon petit mari de toujours me suivre et m'accompagner dans mes folles aventures…

Avec tout mon Amour…

C'est un matin au réveil que je sais que mon livre touche à sa fin…

Le rêve que je viens de faire a été un signe, et quel signe :

Je me vois rentrer dans une salle, comme une arène de cirque, où il y a des familles assises qui attendent que le spectacle débute. Et moi je rentre à ce moment-là, et je me mets à m'élever et à voler tel un oiseau en déployant mes bras pour voler, en imitant les gestes de la brasse en natation pour avancer. Une telle sensation de liberté, de plénitude. Me voilà en train de voler tout autour de la salle. Je me pose et sors de la salle. À cet instant, je reçois un message sur mon téléphone de mon ostéopathe Alexandra où il y a marqué : waouh bravo.

Ce rêve est si magique, si transportant.

Je me réveille avec un énorme mal au ventre. Mes cycles sont là. J'ai véritablement accouché de moi-même. Tel est l'image qui me vient à cet instant.

Je comprends alors que je suis enfin libérée de mon passé, libérée de mes fardeaux, et que je peux désormais voler libre comme un oiseau.

Ce rêve était si intense, si beau, un tel message en est délivré, clair et en même temps signe d'espoir en l'avenir.

Un véritable accouchement s'est déroulé durant les semaines où je me suis consacrée à l'écriture de ce livre. Je me suis bien souvent isolée dans mon jardin, pour mettre quelques phrases sur le papier. Jour et nuit, je rêvais de ce livre, venais puiser mes idées au plus profond de mon être, pour en faire ressortir les souvenirs comme de véritables pépites. Ce livre m'a permis d'ouvrir un nouveau chapitre de ma vie. J'ai réussi à renaître en délivrant mes doutes, mes difficultés, mes peurs pour enfin partager mon bonheur et ma vision de la vie.

J'ai ressenti une véritable connexion avec le divin, et je peux dire que j'ai vécu une expérience extraordinaire. Écrire m'a permis de vivre une période de grand éveil spirituel. J'ai pris conscience que la vie est si riche, si belle, et que tout est connecté. Cette spiritualité, qui faisait déjà partie de ma vie, s'est développée et m'a permis d'être plus à l'écoute de mes ressentis, de mes émotions et de mes intuitions.

Ce cheminement m'a permis de revenir à l'essentiel, l'authenticité, la simplicité et surtout la spontanéité qui me caractérise si fortement.

M'ouvrir au monde invisible, regarder le monde avec des yeux nouveaux, et ne surtout plus vivre pour faire plaisir aux autres, ne plus être dans le jugement, mais se consacrer à une cause bien plus noble, être à l'écoute de la vie et à l'évolution de l'humanité. Un univers invisible pour les yeux, que je ne peux ressentir que de l'intérieur. Un monde où tout est parfait, et où rien n'est laissé au hasard.

Observer la vie avec des yeux nouveaux et y trouver tant de magie. Cet éveil spirituel a grandi avec une vitesse presque vertigineuse durant l'écriture de ce livre, comme si ce récit était tout compte fait l'étape à franchir pour découvrir encore plus la magie de la vie. Comme si à travers l'écriture, je m'autorisais à exprimer mes sentiments, à me libérer de mes peurs et à transmettre avec mes ressentis. Tout ce monde invisible m'apporte beaucoup d'aide et d'espoir vers un amour inconditionnel où règnent la beauté, l'harmonie et l'amour.

Une meilleure compréhension de ma vie, de mes aspirations et surtout une envie de transmettre et d'apporter de la lumière, beaucoup de lumière autour de moi.

Que ce soit à travers mes petites bougies ou bien mon sourire, une lumière douce et infinie pour rendre la vie plus belle et plus agréable. Faire naitre cette lumière qui rayonne du plus profond de mon cœur.

J'en ressors grandie, et plus tout à fait la même. Un processus de guérison et d'acceptation de ce que la vie m'a permis de traverser. Une renaissance, voilà ce que j'ai vécu.

C'est bien souvent vers le ciel, les nuages et les étoiles que mes yeux se portent désormais. Vers toute une vie céleste, une merveilleuse magie, et vers les signes que le divin m'offre.

Nathalie

Épilogue

Voilà maintenant trois mois que se livre a été achevé d'écrire.

Depuis j'y ai apporté des corrections et ajouté quelques idées que je pensai intéressantes de venir compléter.

Une chanson vient terminer ce récit de vie.

Celle de Jean Jacques Goldman « J'irai au bout de mes rêves ».

Même si toute ma vie j'ai tenté d'aller au bout de mes rêves, c'est encore plus révélateur pour ce jour du vingt-huit juillet 2021, jour de notre anniversaire de mariage, nos vingt ans.

À l'occasion de ces noces de porcelaine, je souhaite réaliser un de mes plus grands rêves. Pour moi, pour nous, pour nos enfants.

Celui de renouveler nos vœux, vingt ans plus tard, avec eux.

J'ai toujours rêvé de me marier avec nos enfants comme seuls témoins de notre union. Je trouve cela si symbolique et si porteur d'amour et d'espoir.

Comme pour faire écho à notre voyage de noces en Polynésie nous souhaitons partir en famille pour renouveler nos vœux sur une plage paradisiaque à l'autre bout du monde. L'île Maurice avait été le lieu choisi.

Mais le contexte sanitaire avec la crise du Covid menace ce projet. Les nouvelles mesures sanitaires préconisent « un pass sanitaire » avec un vaccin, des tests antigéniques, afin de protéger les plus vulnérables et limiter l'évolution de la maladie.

Tout cela complique bien les choses, et un départ pour un voyage exotique devient trop contraignant pour nous, qui souhaitons désormais une vie plus harmonieuse, plus simple et surtout plus légère.

Ne pas réaliser exactement ce rêve comme nous l'aurions souhaité, nous l'acceptons mais ne renonçons pas pour autant à notre rêve…

Je décide donc d'organiser en peu de temps notre rêve. On le vivra et jusqu'au bout…

Le plus important est d'être tous les six, et de renouveler nos vœux. L'ingrédient principal est là, à moi de trouver un peu de magie à y rajouter.

Nous partons donc fin juillet, pour le département de la Corrèze, où nous attend une location assez insolite. Une maisonnette flottante sur un superbe lac. Les étangs de Taysse seront notre lieu de cérémonie.

Cet hébergement fait écho à la maison sur pilotis de Bora Bora avec en moins, bien évidemment la couleur du lagon, mais peu importe, l'aventure insolite est là et à nous de la transformer à notre façon.

Nous passons trois jours dans ce lieu si enchanteur, et avons à notre disposition une petite barque à moteur pour assurer nos déplacements.

Nous arriverons donc tous les six sur le lieu de célébration en barque. Tous vêtus de blanc, nous portons des fleurs pour donner le ton. Couronne de fleurs exotiques sur la tête, bouquet pour moi, collier pour Philippe, et boutonnières pour les enfants.

Nous approchons doucement en barque vers le ponton, conduit par Thomas qui n'est pas peu fier, où se tiendra la cérémonie de renouvellement de vœux, et une musique polynésienne se fait entendre. Le rêve polynésien est tout proche, l'arrivée en barque vers le ponton, la musique polynésienne au son des ukulélés, nos tenues agrémentées de fleurs fraîches, et les étoiles dans nos yeux sont bien présentes… Quelques larmes perlent sur nos joues tant l'émotion est forte… des larmes de bonheur si pur, d'amour si grand.

Une fois débarqués, c'est un véritable mariage polynésien qui s'offre à nous. Une cérémonie de renouvellement de vœux, comme dans mes rêves les plus fous.

Les enfants avancent devant nous, pour s'asseoir sur un joli banc. C'est à notre tour main dans la main avec Philippe d'avancer vers eux. C'est avec les jambes tremblantes et le cœur rempli de joie que l'on va s'asseoir sur deux magnifiques fauteuils Emmanuelle. Les mêmes fauteuils où vingt ans plus tôt nous avions pris une photo, entourés de vahinés au spectacle du Tiki Village de Moorea. Que de souvenirs, ces deux fauteuils nous rappellent. Que le temps passe, file à toute vitesse, mais que le plus important, l'amour est toujours bien présent…

C'est devant nos quatre enfants, nos merveilles, ce que l'on a de plus cher au monde, nos plus belles créations, que l'on renouvelle chacun à notre tour, nos vœux, pour notre avenir et notre famille. L'émotion est palpable, autant pour nous deux que pour les enfants, et l'on peut voir dans leurs yeux la fierté et l'amour que nous leur avons transmis.

Pour venir sceller l'instant, l'officiante de la cérémonie nous propose de pratiquer le rituel du sable, si répandu en Polynésie. Nous voilà tous les six réunis autour de ce magnifique vase, à déverser chacun à notre tour du sable coloré. Le résultat est splendide. Un mélange de six sables qui se chevauchent, s'entremêlent pour venir réaliser quelque chose d'unique et de merveilleux.

Un échange d'anneaux en bois vient sceller l'instant mais aussi symboliser cette union.

Nous poursuivons cette journée par un repas servi sous les arbres, de cette magnifique forêt. La pluie est aussi au rendez – vous, comme à tous les grands moments de notre vie.

De courte durée, elle ne viendra pas endommager les décorations florales de notre buffet. De merveilleux Oiseaux du Paradis viennent illuminer la table. Le repas, composé exclusivement de produits et de mets polynésiens, est un véritable festin qui s'offre à nous. Salade de poisson mariné au lait de coco, cochon cuit au four et crumble de mangue et coco. Un pur délice.

L'ambiance est légère et joyeuse. Les enfants témoins de cette cérémonie sont heureux et l'amour se dégage de l'instant qui sera à jamais gravé dans nos mémoires.

Un seul mot à cet instant rayonne, l'Amour.

Toujours croire en ces rêves, et tout faire pour les réaliser, voilà le maître mot de notre vie.

Peu importe le contexte, les soucis, les barrières, tout franchir, y croire et ne jamais oublier de rêver. Les rêves apportent de l'espoir dans nos vies, pour avancer vers toujours plus de magie…

Lueur Étoilée

Merci d'avoir choisi ce livre.

J'espère que sa lecture vous aura intéressé et peut-être inspiré…

Ma plus belle récompense serait que mon chemin permette de vous apporter une petite lueur d'espoir, du courage pour avancer, et l'envie de ne jamais renoncer… De la lumière dans votre quotidien, voilà mon souhait.

Je serai ravie de rester en contact avec vous, d'échanger et de partager ensemble. Je suis à l'écoute de vos avis et remarques, ou de nos échanges futurs qui seront peut-être de fabuleux signes…

Remerciements

Je remercie tous mes proches, mes parents, ma famille, mes amis, tous ceux qui ont marqué ma vie.

Je termine ainsi, par les derniers qui sont les premiers dans mon cœur.

Mon merveilleux petit mari, mon Philippe, qui me guide, me soutient et m'encourage à chaque instant sans jamais faillir, et que j'aime de tout son cœur.

Mes enfants Théo, Thomas, Lohan et Robin, mes perles si précieuses, qui émerveillent mes jours et mes nuits et que j'aime plus que tout au monde.

Merci à tous du fond du cœur.

Merci de nos partages, de votre présence à mes côtés et de me permettre d'être si bien entourée et accompagnée.

Alors oui aujourd'hui au terme de ce livre, qui représente un bout de ma vie, je peux l'affirmer que la vie est belle, une source si surprenante et pourtant si merveilleuse. Que si l'on sait écouter les signes qui sont là pour nous porter, nous élever toujours vers une meilleure destinée. Plus près des étoiles, plus près de la magie de la vie.

Sans toutes ces rencontres, ces épreuves, je n'aurais acquis autant de résilience et de sagesse.

Merci à la vie. Merci à mes proches mais aussi à mes amis, que j'ai choisis et que l'univers a mis sur ma route pour m'accompagner. Tout cela m'a permis d'évoluer, grandir, découvrir avec grâce la beauté du divin.

Étinceler comme la plus belle des étoiles, les anges vont m'y accompagner. Toujours croire en son ange gardien, toujours écouter les signes…

Du fond de mon cœur, du fond de mon âme.

Merci.

On peut vraiment dire aujourd'hui qu'avec moi la vie est tout sauf monotone…

Un vrai arc-en-ciel de couleurs…

Une petite chanson pour terminer *garder le sourire.*

Tomber se relever, toujours positiver et rester motiver, toujours… et en toutes circonstances, je garde le sourire, je garde le sourire…

Car avec le sourire la vie est bien plus douce. Un sourire ne nous coûte rien et provoque beaucoup…

Si l'on fleurit grâce aux difficultés, le sourire permet d'améliorer le quotidien et de le rendre plus léger.

Nous ne saurons jamais tout le bien qu'un simple sourire peut être capable de faire.

Mère Thérésa

Chaque personne que vous connaîtrez tout au long de la vie, c'est une feuille qui enrichira votre arbre... De nombreuses se perdront avec le vent, d'autres n'en tomberont jamais.

Imprimé en France
Achevé d'imprimer en juin 2022
Dépôt légal : janvier 2022

Pour

Le Lys Bleu Éditions
40, rue du Louvre
75001 Paris